À mon père, qui m'a offert le plus beau des héritages : l'amour des livres et le pouvoir des mots. Merci pour chaque page partagée, chaque histoire découverte, et pour m'avoir ouvert les portes de mondes infinis.

Préface

Nous vivons à une époque où le rythme effréné de la vie moderne nous pousse à devenir des rouages dans une machine que nous n'avons pas conçue. Le travail, autrefois vecteur d'épanouissement, est aujourd'hui souvent synonyme d'aliénation, tandis que la pression sociale nous enchaîne à des normes imposées, comme des spectateurs dociles de nos propres existences.

Fracture est né de cette réalité. C'est une immersion dans l'esprit d'un homme au bord du gouffre, écrasé par le poids d'un quotidien qui ne laisse aucune place au rêve, à l'émotion brute, ou même à la liberté de fléchir. Kevin, ce personnage ordinaire, est l'incarnation de ce combat silencieux que mènent tant de personnes. Un combat contre une société qui nous demande de tout donner sans jamais nous demander ce que nous avons à perdre.

Ce livre n'est pas une solution, ni même une critique directe. C'est une tentative d'explorer l'humain dans ses moments les plus sombres, lorsque les premières fissures apparaissent, lorsque l'équilibre vacille. C'est un voyage dans les pensées refoulées, les doutes étouffés et les désirs inexprimés qui finissent par émerger lorsque les murs, à force de pression, se fissurent.

Avec *Fracture*, je souhaite inviter le lecteur à regarder au-delà des apparences, à observer ces failles invisibles qui marquent nos vies. Peut-être pourrons-nous y trouver un écho, une réponse, ou simplement une question : jusqu'où sommes-nous prêts à aller pour tenir, pour nous conformer, pour ne pas céder ?

C'est une histoire sur la fragilité humaine, mais aussi sur sa force. Une exploration des limites que nous nous imposons, et de celles que nous subissons. C'est, en quelque sorte, un cri face au silence assourdissant de nos sociétés modernes.

À travers ce livre, je vous invite à marcher aux côtés de Kevin. Et peut-être, entre les éclats de verre et les ombres de son esprit, trouverez-vous une partie de vous-même.

Bienvenue dans *Fracture*.

FRACTURE

CHAPITRE 1

J'ai quarante ans, mais il y a des jours où mon corps et mon esprit me trahissent, me faisant croire que j'en ai soixante, peut-être plus. Mes tempes commencent à grisonner, de fines rides marquent le coin de mes yeux, et pourtant ce n'est pas vraiment le vieillissement physique qui me pèse. C'est ce poids, sournois et constant, qui m'écrase chaque jour un peu plus. Quand je me regarde dans le miroir, je vois un visage qui m'est devenu étranger. Ses traits sont trop durs, son regard trop éteint, comme si l'homme que j'étais s'était fait remplacer par une copie fatiguée, usée, et un peu cynique.

Je me souviens d'une époque où les choses semblaient avoir un sens. Où j'avais des rêves, de vrais rêves, des envies d'ailleurs, de faire quelque chose qui compte. Je croyais que les choses pouvaient s'améliorer, que le monde pouvait devenir un endroit meilleur, plus juste, si chacun y mettait un peu du sien. Quelle naïveté. Aujourd'hui, tout cela me paraît dérisoire, presque risible. Le monde n'est plus qu'un immense cirque, une mascarade grotesque où tout tourne à l'envers. Ceux qui devraient être les guides sont des clowns, les voix qui devraient s'élever sont noyées dans un tumulte de rires forcés et de cris absurdes. Et moi, je suis là, coincé au milieu de ce chaos, oscillant entre le spectateur désabusé et le participant contraint. Mais au fond, je ne fais plus semblant de croire que tout cela a encore un sens.

Je regarde par la fenêtre de ma cuisine, une tasse de café tiède entre les mains. Dehors, les gens se précipitent, scotchés à leurs téléphones, obsédés par l'apparence, les likes, et je me demande ce qu'ils cherchent vraiment. Ils ne pensent qu'à eux, à leurs petites vies insignifiantes, tandis que tout part en vrille. Les scandales, les trahisons politiques, les mensonges, tout ça ne me surprend plus. C'est devenu la norme.

Je n'étais pas comme ça avant. Il fut un temps où je croyais que les efforts comptaient, que l'honnêteté et la solidarité faisaient encore partie du vocabulaire des gens. Mais tout ça a disparu. Aujourd'hui, la course à la consommation a remplacé la décence, et je n'ai plus aucune patience pour ça. Chaque jour, je ressens cette colère qui monte en moi, cette impression que rien ne changera, peu importe ce que je fais. Alors je reste là, à regarder cette société s'effondrer, dégoûté et sans espoir.

À quel moment tout ça a dérapé ? C'est la question qui me hante. Je me demande souvent quand la joie a laissé place à cette morosité étouffante. Il y avait un temps où j'arrivais encore à rire, à profiter des petites choses simples, à croire que l'avenir pouvait apporter quelque chose de meilleur. Mais maintenant, chaque sourire me semble forcé, comme un masque que je porte pour faire semblant.

Je ne sais pas exactement quand c'est arrivé, mais petit à petit, la joie s'est évaporée, remplacée par un sentiment de vide, de désillusion. À quel moment l'espoir a-t-il viré au gris, et la solidarité à l'égoïsme ? Peut-être que c'était quand les mensonges ont commencé à être la norme, quand j'ai réalisé que peu importe nos efforts, ceux qui tiennent les rênes ne lâcheront jamais leur pouvoir. J'ai vu l'injustice grandir sous mes yeux, et c'est comme si, à chaque coup de massue, une partie de moi s'effondrait.

Je n'ai pas toujours été en colère. Avant, j'avais cette capacité à laisser passer, à relativiser. Mais aujourd'hui, chaque petite chose me crispe. Je ne supporte plus les faux-semblants, l'hypocrisie qui nous entoure. Ce monde, je ne le comprends plus. Comment est-ce qu'on en est arrivé là ? À quel moment la vie s'est-elle transformée en cette course absurde, où tout le monde s'en fout des autres ? Et moi… moi je suis devenu cette personne en colère, pleine de rancune, incapable de retrouver ce que j'ai perdu.

Peut-être que c'était inévitable. Peut-être qu'on finit tous par perdre nos illusions. Mais pourquoi, alors, est-ce que je ressens cette haine grandir en moi ? Ce n'est pas seulement contre les autres. C'est contre moi-même aussi. Contre ce que je suis devenu.

Et l'amour, dans tout ça ? C'est encore plus compliqué. J'ai une femme, un fils de dix ans. Sur le papier, tout semble parfait. On est une de ces familles que les autres envient peut-être de loin. Mais à l'intérieur, c'est différent. Je les aime, bien sûr. Comment ne pas aimer son propre enfant, la femme avec qui on a partagé tant d'années ? Mais ce n'est pas le bonheur que je pensais trouver. Il y a cette distance, ce vide que je n'arrive pas à combler, comme si quelque chose s'était brisé sans que je sache quand ou comment.

Je me demande parfois si c'est moi le problème. Je regarde ma femme, ses sourires qui semblent de plus en plus rares, et je me demande si elle ressent la même chose. Est-ce qu'elle aussi a cette impression que tout est devenu mécanique, que les gestes sont les mêmes, mais que le cœur n'y est plus ? On parle, on partage des moments, mais il y a une froideur que je ne parviens pas à ignorer. Est-ce que c'est ça, l'amour qui dure ? Une espèce de cohabitation silencieuse où chacun fait semblant que tout va bien pour ne pas affronter la vérité ?

Mon fils, lui, il est innocent dans tout ça. Parfois, je l'observe jouer, courir dans la maison, et je me demande si j'ai été comme ça un jour, plein de vie et d'insouciance. Il m'admire, je le vois dans ses yeux, et ça me fait mal. Parce que je ne suis pas l'homme qu'il imagine. Je suis loin d'être ce modèle qu'il pense avoir. Il y a des moments où je voudrais ressentir ce bonheur que les autres parents semblent trouver naturellement, mais je n'y arrive pas. Et ça me ronge.

L'amour, c'est censé rendre heureux, non ?

Mais pour moi, c'est devenu une autre obligation. Quelque chose que je fais parce que c'est ce qu'on attend de moi, mais sans vraiment y croire. Est-ce que c'est ça, vieillir ? Sentir tout ce qui faisait vibrer ton cœur s'éteindre peu à peu, jusqu'à ne plus rien ressentir du tout ?

Je termine mon café, maintenant froid, et me lève de la table avec un soupir. Une journée de plus à affronter, comme toutes les autres. J'attrape mes clés sur le comptoir et appelle Thomas. C'est l'heure de partir. Il accourt avec son sac à dos, tout sourire, prêt pour une nouvelle journée à l'école. Sa bonne humeur m'échappe complètement, mais je me force à sourire en retour. Ce n'est pas de sa faute, après tout.

Le trajet vers l'école est silencieux, comme souvent. Lui, il parle, me raconte des bribes de sa vie, de ses amis, de ce qu'il a vu à la télé, mais moi, je suis ailleurs. Mon esprit vagabonde, englué dans les mêmes réflexions sombres qui me poursuivent jour après jour. Je l'écoute à moitié, hochant la tête de temps en temps, mais sans vraiment être là. J'ai toujours l'impression d'être déconnecté, comme un spectateur de ma propre vie.

On arrive enfin à l'école. Il sort de la voiture en trombe, déjà excité à l'idée de retrouver ses copains. « Bonne journée, papa ! » qu'il me lance avec un sourire radieux. Je lui fais un signe de la main, mais le cœur n'y est pas. Je le regarde courir jusqu'à l'entrée, disparaître dans la foule d'enfants, et je me retrouve de nouveau seul, en tête-à-tête avec moi-même.

Le silence revient, lourd et pesant. Je reste assis quelques secondes dans la voiture, immobile, les mains sur le volant. À quoi bon se dépêcher d'aller au boulot ? Un autre endroit où je ne me sens plus vraiment à ma place. Pourtant, je mets le contact, presque par automatisme. C'est ça ma vie maintenant. Une succession de gestes sans passion, une routine à laquelle je ne peux pas échapper. Sur la route, je sens cette lassitude revenir, ce poids sur mes épaules qui ne me quitte jamais vraiment. Je me demande parfois combien de temps encore je vais tenir comme ça. Combien de temps avant que tout s'effondre vraiment. Mais je continue à avancer. Parce qu'il n'y a pas d'autre choix, n'est-ce pas ?

CHAPITRE 2

J'arrive enfin au boulot, un peu en avance comme d'habitude. Ce n'est pas que j'aime particulièrement être ici, mais je préfère ça plutôt que de traîner dans la voiture, à tourner en rond dans mes pensées. Le parking est déjà presque plein, et je me dirige vers la machine à café, ma première étape obligatoire avant de commencer la journée.

Le coin café est déjà occupé par quelques collègues. Ils sont là, assis ou debout, tasses à la main, discutant de tout et de rien. Je me sers une tasse sans dire un mot, écoutant d'une oreille distraite leurs conversations. C'est toujours la même chose. Les mêmes plaintes sur la météo, sur les enfants qui ne dorment pas, les factures qui s'accumulent. Des problèmes banals, presque rassurants dans leur banalité. Pourtant, je n'y trouve aucun réconfort.

Ils parlent sans arrêt, mais rien de ce qu'ils disent n'a de véritable importance. Du bruit pour meubler le vide. Et puis, forcément, ça dérape. Ils commencent à parler des absents, ceux qui ne sont pas là pour se défendre. Ils crachent leur venin, avec cette fausse camaraderie qui masque à peine le mépris sous-jacent. « T'as vu comment il fait son boulot, lui ? », « Elle est toujours en retard, franchement, c'est insupportable. »

Je les regarde, mais je ne dis rien. Je les vois se nourrir de leurs petites mesquineries, critiquer les autres pour se sentir un peu mieux, un peu supérieurs. C'est pathétique, mais ça me rend surtout indifférent. J'ai l'habitude maintenant. Je sais que, dès que j'aurai tourné le dos, ce sera mon tour. Ça a toujours été comme ça. Ça leur donne l'impression d'exister, de compter. De pouvoir se consoler de leur propre médiocrité en rabaissant les autres.

Je bois mon café en silence, les yeux dans le vide, tout en écoutant leurs plaintes et critiques. J'entends les mots, mais ils glissent sur moi comme des gouttes d'eau. Rien de tout ça ne m'atteint plus. J'observe ces scènes se répéter, jour après jour, et je me demande comment ils font pour se convaincre que ça a un sens. Que ça les fait avancer d'une quelconque manière. Mais moi, je n'ai plus cette illusion. Tout ça ne fait que me rappeler à quel point je me sens étranger, même ici.

Je jette un coup d'œil à ma montre. Il est presque l'heure de commencer la journée. Une autre journée inutile dans un endroit où je ne me sens pas plus à ma place qu'ailleurs.

Comme toujours, à peine ai-je eu le temps de terminer mon café que le directeur me fait signe de venir le voir. C'est devenu une routine, presque un rituel : les mêmes demandes, les mêmes attentes irréalistes

— Kevin, je sais que c'est compliqué en ce moment, mais on va avoir besoin de toi pour tenir le coup. Commence-t-il, avec son ton habituel, celui qu'il prend quand il va m'en demander encore plus.

Je hoche la tête, sans même l'écouter vraiment. Je sais déjà ce qui va suivre. Le manque de personnel, la pression des clients, l'urgence. Comme si tout ça était nouveau. Je travaille ici depuis des années, et chaque jour, c'est la même histoire. Manque de main-d'œuvre, plus de travail pour ceux qui restent. Et comme d'habitude, c'est moi qu'on vient voir. Parce que je suis le chef de cuisine, parce que je suis censé tenir la baraque. Mais en réalité, je suis juste celui qui encaisse le plus.

— Écoute, je sais que t'as déjà beaucoup à faire, mais tu pourrais rester quelques heures de plus lundi soir ? On a une grosse réservation et il manque encore du monde.

Encore une demande d'heures supplémentaires. Ça ne s'arrête jamais. Mon regard se perd un instant sur le planning affiché derrière lui, surchargé de noms barrés, d'horaires étirés au maximum. J'ai déjà accepté de rester tard plusieurs fois cette semaine. C'est devenu une habitude, presque une obligation tacite. Si je ne le fais pas, qui d'autre va s'en charger ? Mais à quel prix ? Ma vie personnelle est déjà un désert, et maintenant c'est mon énergie, ma patience, qui s'érodent peu à peu.

— D'accord, je viens, dis-je finalement, comme toujours.

Il me sourit, satisfait. Ce même sourire que je commence à détester, ce sourire qui dit qu'il sait que je vais toujours dire oui, parce que je n'ai pas d'autre choix. Parce que c'est ce qu'on attend de moi.

Je retourne en cuisine, en sentant déjà le poids supplémentaire de la journée peser sur mes épaules. Le bruit des casseroles, des couteaux sur les planches à découper, des commandes qui arrivent en rafale, tout ça me tombe dessus comme une avalanche. Et moi, je suis là, en train de jouer mon rôle, encore et encore, sans jamais pouvoir m'en échapper.

À quel moment est-ce que ça s'est transformé en ça ? À quel moment mon travail, qui était autrefois une passion, un plaisir, est devenu ce fardeau qui m'épuise un peu plus chaque jour ?

Je n'ai même plus la force de me poser la question.

Le service touche enfin à sa fin. Mes collègues commencent à ranger la cuisine pendant que je m'occupe des dernières commandes à vérifier. C'est là que mon téléphone vibre. Un message de quelques amis qui me proposent d'aller boire un verre après le boulot. Mon premier réflexe est de refuser, mais je me ravise. Peut-être que ça me fera du bien de changer d'air, de sortir de cette cuisine pour quelques heures. Alors je réponds « Ok, je vous rejoins »

CHAPITRE 3

Quand j'arrive au bar, ils sont déjà là, installés autour d'une table, bières à la main. Je me commande un verre, prends place parmi eux, et après les salutations de rigueur, je demande machinalement :

— Alors, ça va vous ?

Mais dans ma tête, je me surprends à prier : Pitié, dites-moi oui. Ne me balancez pas vos problèmes maintenant. Si l'un de vous me dit que ça ne va pas, je vais devoir feindre de m'intéresser, de poser des questions comme « Qu'est-ce qui se passe ? » ou « Comment je peux t'aider ? », Et franchement... j'en ai strictement rien à foutre.

La vérité, c'est que je n'ai plus la patience. Plus l'énergie d'écouter les soucis des autres, surtout quand les miens me bouffent déjà de l'intérieur. Ce n'est pas que je ne les aime pas, mes potes. Non, ce n'est pas ça. C'est juste que tout me semble futile. Comme si leurs histoires étaient insignifiantes, comme si je n'avais plus la capacité de me soucier des drames qui les traversent. Une part de moi a envie de leur dire : Bienvenue dans le club, la vie c'est de la merde pour tout le monde, alors fais avec. Mais bien sûr, je ne dis rien. Parce que c'est ce qu'on fait, non ? On joue le jeu, on fait semblant de s'intéresser. On sourit, on compatit.

Heureusement, ils répondent par des oui, ça va, ou des banalités du genre. Un léger soulagement s'installe en moi, même si la conversation continue, sans vraiment m'atteindre. Je les écoute à moitié, tout en buvant tranquillement mon verre, hochant la tête quand il le faut, lâchant des « ouais, je vois » de temps en temps. Mais dans ma tête, je suis déjà ailleurs. Je pense à demain, à tout ce qui m'attend encore, et je me demande une fois de plus combien de temps je vais pouvoir continuer comme ça.

Les discussions s'éternisent. Au début, on parle de tout et de rien, puis, inévitablement, ça dévie vers la politique, les actualités, et toutes ces conneries sur lesquelles tout le monde a un avis tranché. Le ton monte progressivement, mais je m'y attendais. Il suffit d'un mot de trop, d'une phrase mal tournée, et tout le monde s'emballe. Ça commence par une remarque sur le gouvernement, puis ça bascule sur le wokisme, ces mouvements qui agitent la société. Chacun y va de son point de vue : l'un défend ces causes en parlant de justice sociale, l'autre les critique en affirmant qu'on est en train de tuer la liberté d'expression. Les arguments fusent, les phrases se chevauchent, les gestes s'animent. Ils débattent comme si ça allait changer quelque chose. Mais moi… moi je suis juste là, le crâne prêt à exploser.

Le problème, ce n'est pas tant ce qu'ils disent. C'est que je me sens complètement déconnecté de tout ça. Chacun essaie de prouver qu'il a raison, de se positionner sur des sujets qui, au fond, ne font que les diviser davantage. Ils parlent d'idéaux, de

18

valeurs, mais à mes yeux, ça ressemble juste à une autre manière de passer le temps, de remplir le vide.

Les mots se bousculent autour de moi : inclusion, discrimination, privilège, liberté. Certains défendent les progressistes, d'autres râlent sur la bien-pensance, sur ce qu'on a encore le droit de dire ou pas. Il y a du pour, il y a du contre, chacun cherche à convaincre l'autre, et tout ça résonne dans ma tête comme un brouhaha insupportable.

Fermez-la, que j'ai envie de hurler. Mais je me contente de me taire, de fixer mon verre avec un regard absent. J'ai mal au crâne. Chaque opinion, chaque phrase, chaque tentative de s'élever au-dessus de l'autre m'oppresse un peu plus. Je les entends balancer des théories, des citations d'intellectuels à moitié comprises, des arguments qu'ils ont lus quelque part sur Internet, et je me demande ce que ça leur apporte vraiment. Est-ce qu'ils croient vraiment à ce qu'ils disent ? Est-ce qu'ils ont conscience qu'ils ne font que répéter ce qu'on leur a mis dans la tête ?

— Et toi, Kevin, t'en penses quoi ?

Me demande soudain l'un d'eux, tournant tous les regards vers moi.

Ce que j'en pense ? Je pense que j'ai juste envie de rentrer chez moi, de tout éteindre et de m'enfouir sous mes draps. Mais je ne peux pas dire ça, bien sûr. Alors je hausse les épaules, feignant un intérêt que je n'ai pas.

— J'en sais rien, dis-je enfin, l'air de réfléchir. C'est compliqué, tout ça...

Une réponse vague, volontairement floue. Ça leur suffit, à moitié. Ils froncent les sourcils, puis retournent à leur débat passionné, continuant à refaire le monde. Je les regarde faire, ces amis qui se pensent intelligents, qui croient maîtriser des sujets sur lesquels personne n'a de vraies réponses. Ils parlent et parlent encore, sans fin, et je me sens de plus en plus vide, de plus en plus absent. J'ai l'impression de suffoquer sous ce torrent de mots. Et plus ils parlent, plus ma colère monte. Pas contre eux, non, mais contre cette réalité absurde où tout le monde s'obstine à donner son avis sur tout, à prétendre comprendre un monde qui a depuis longtemps cessé d'avoir du sens.

L'après-midi touche enfin à sa fin. Les verres se vident, les conversations se calment. On a épuisé tous les sujets possibles : politique, société, vie quotidienne. Il ne reste plus qu'un silence légèrement gêné, celui qui vient quand tout le monde réalise qu'il est temps de partir, mais personne ne veut être le premier à le dire.

Je regarde autour de moi, cherchant un prétexte pour m'éclipser. Finalement, l'un de mes amis se lève, étirant les bras avec un soupir.

— Bon, il est temps d'y aller. Ça commence à faire tard.

Un soulagement imperceptible s'installe en moi. C'est la sortie que j'attendais. Les autres acquiescent, attrapent leurs affaires, et on se lève à notre tour. On échange les mêmes politesses d'usage, celles qu'on répète à chaque fois. Les On se revoit bientôt, Fais attention sur la route, Salut, à la prochaine. C'est automatique, sans substance, mais c'est ce qu'on fait. C'est ce qu'on attend de nous.

Je leur souris, leur serre la main, joue encore une fois mon rôle d'ami présent et poli. Mais tout ça sonne creux. À l'intérieur, je suis déjà loin. Je me détache de cette scène, de ces gens, de cette journée qui me semble avoir duré une éternité.

— À bientôt, les gars, je lance avant de m'éclipser à mon tour.

Je les quitte sans me retourner, sans vraiment savoir quand on se reverra, ni même si j'en ai envie. Une fois dehors, l'air frais me fait du bien. Enfin seul, enfin débarrassé de cette lourdeur. Mais le soulagement est de courte durée. Je sais que cette sensation d'étouffement reviendra, dès demain, dès que je remettrai un pied au travail, dès que je me retrouverai de nouveau piégé dans cette routine qui me broie un peu plus chaque jour.

Je rentre chez moi, en silence, le ciel teinté de rouge par le coucher de soleil. Tout semble calme à l'extérieur, mais dans ma tête, c'est le chaos. La même lassitude qui revient, la même colère sourde qui ne me quitte jamais vraiment.

CHAPITRE 4

Quand j'arrive enfin chez moi, la nuit commence à tomber. J'habite à la campagne, loin du bruit, loin des gens. Ici, tout est calme. Une vue magnifique sur les montagnes se dessine depuis mon jardin, et parfois, si je suis chanceux, des biches curieuses passent dans le champ devant la maison. Elles me rappellent que, même si tout semble vide, il reste encore un peu de vie, un peu de beauté quelque part.

Je m'installe sur la petite terrasse, la seule partie de la journée où je me sens réellement en paix. J'allume un joint et tire une longue bouffée, laissant la fumée m'envahir doucement. Le silence est apaisant. Le seul son est celui du vent dans les arbres et, parfois, le froissement de l'herbe sous les sabots des biches qui s'approchent discrètement.

C'est dans ces moments-là que je me rappelle pourquoi j'ai choisi de vivre ici. Loin du tumulte, loin des regards. Ici, personne ne me demande rien. Il n'y a que le calme, la montagne, le ciel qui s'assombrit doucement. Je sens la tension de la journée s'effacer petit à petit. Les conversations inutiles,

les heures supplémentaires, tout ça devient lointain, presque irréel.

Je tire encore une bouffée, observant les étoiles qui commencent à percer dans le ciel. J'aime ce contraste. Le monde peut être aussi chaotique qu'il veut, mais ici, au moins, il y a encore un peu de tranquillité, un peu d'espace pour respirer. C'est un luxe que beaucoup de gens ne comprennent pas. Ils courent sans cesse, se perdent dans des préoccupations absurdes, pendant que moi, je contemple le silence. Et même si je n'arrive plus à trouver du sens dans grand-chose, au moins, ici, je trouve un peu de paix.

Les biches s'éloignent tranquillement, et je reste là, seul avec mes pensées, le joint se consumant lentement entre mes doigts.

Mais comme toujours, le calme est de courte durée. Les obligations familiales finissent par me rattraper. Je sais qu'il va falloir rentrer, retrouver ma femme, mon petit, et faire semblant. Faire semblant d'être intéressé, de participer à ces discussions de fin de journée, où l'on échange des banalités sur nos journées respectives.

Je redoute toujours ce moment. Parce que, quand ça sera mon tour de parler, qu'est-ce que je vais dire ? Rien d'exceptionnel ne s'est passé. Rien de marquant, rien qui vaille la peine d'être raconté. Juste une autre journée comme les autres. Le même cycle interminable. Travail, obligations, fatigue. C'est tout. Mais je ne peux pas dire ça. Si je me contente d'un simple rien de spécial, je vais encore me prendre des reproches.

« Tu ne parles jamais, Kevin. On ne sait jamais ce que tu penses. C'est frustrant de vivre avec quelqu'un qui garde tout pour lui. »

Je les entends déjà, ces remarques. Et franchement, je n'ai pas envie de les entendre ce soir. Alors, je vais devoir romancer. Broder autour de quelques détails insignifiants, leur donner plus de poids qu'ils n'en méritent. Transformer une journée banale en une histoire à raconter. Peut-être inventer un problème ou deux au boulot, parler de la dernière commande qui a failli mal tourner. Ça passera. Je dirai que ça m'a stressé, que j'ai dû gérer une situation compliquée. Ça fera illusion, et tout le monde sera content. Ils auront l'impression que je me suis ouvert, que j'ai partagé quelque chose de personnel. Même si, en réalité, tout ça me laisse indifférent.

Parce que, pour être honnête, je n'ai pas envie de parler. Pas envie de faire semblant d'être ce mari attentif, ce père impliqué. Tout ça me fatigue. J'aimerais juste me laisser glisser dans le silence, fumer un autre joint et oublier cette mascarade quotidienne. Mais je sais que je ne peux pas faire ça. Alors, je me prépare à jouer mon rôle. Encore une fois.

Je me lève lentement de la terrasse, jetant un dernier regard aux montagnes. Elles, au moins, ne me demandent rien. Elles sont juste là, immuables, silencieuses. Contrairement à moi.

Allez, c'est parti. La grande mascarade commence. Je rentre à la maison, ouvre la porte et retrouve ma femme qui s'active déjà dans la cuisine. L'odeur du repas se mêle aux bruits de la télé allumée, évidemment sur une de ces émissions de téléréalité qu'elle adore. Un truc ridicule avec des candidats qui se disputent pour des broutilles, des cris et des drames artificiels à longueur d'épisode. Moi, je trouve ça insupportable, mais je ne dis rien. Je n'ai plus la force de batailler pour des détails.

— T'as passé une bonne journée ? elle me demande en souriant.

Je force un sourire en retour, déjà prêt à entrer dans mon rôle. La scène est en place, les acteurs sont là. Tout doit se passer comme d'habitude.

— Ouais, pas mal. Pas mal de boulot, tu sais comment c'est, je lance d'un ton détaché.

Je ne lui donne pas trop de détails, mais assez pour éviter les questions supplémentaires. Elle hoche la tête, visiblement satisfaite de ma réponse, avant de me demander de mettre la table. Je m'exécute, comme chaque soir.

Le dîner se passe comme à l'accoutumée : tous les trois, réunis autour de la table, avec la télé en fond sonore. Je pique dans mon assiette, en écoutant d'une oreille distraite les cris de la téléréalité qui envahit la pièce. Ma femme commente les actions des candidats, me demandant parfois ce que j'en pense. Pas grand-chose, voilà ce que j'en pense, mais là encore, je ne dis rien. Je hoche la tête, marmonne des réponses vagues, tout en jetant des regards furtifs à mon fils.

C'est pour lui que je supporte tout ça. Parce qu'après le repas, on a notre moment à nous. Un moment que j'apprécie vraiment. La routine de lecture du soir. Mon garçon a dix ans, et même s'il pourrait lire seul, il préfère qu'on le fasse ensemble. Et honnêtement, c'est l'un des rares moments de la journée où je me sens à ma place. Il choisit souvent un livre d'aventures, ou un roman fantastique. Un truc qui nous permet de nous évader tous les deux.

Après le repas, on s'installe dans sa chambre, je prends le livre du moment, et on plonge dans l'histoire. J'aime voir ses yeux briller quand un passage l'enthousiasme, quand l'action s'emballe ou que les mystères se dévoilent. Pendant ce court laps de temps, j'oublie un peu le reste. Le boulot, la routine, la mascarade. Je me concentre juste sur ce lien entre nous, sur cette complicité silencieuse qui ne nécessite pas de faux-semblants. Les minutes passent, et avant de s'endormir, il me demande toujours ce qui va se passer dans la suite du livre. Je lui souris et lui réponds qu'il faudra attendre demain pour savoir. Il fait la moue, mais je vois qu'il est déjà apaisé. Moi aussi, d'une certaine manière.

La soirée touche à sa fin. Ma femme regarde encore la télé dans le salon, une autre de ces émissions où les gens se mettent en scène pour de l'attention. Thomas est couché, déjà plongé dans ses rêves d'aventures. Et moi, enfin seul, je m'installe devant mon ordinateur. C'est devenu une sorte de rituel, un moment où je peux m'évader de la réalité, même si ce n'est que pour quelques heures.

Je me connecte à YouTube et j'attends de voir ce que l'algorithme a décidé de me balancer aujourd'hui. C'est toujours un mélange bizarre de recommandations. Comme s'il essayait de deviner qui je suis à travers mes clics, mes recherches, mes petites échappées numériques.

Le premier truc qui apparaît, c'est une vidéo sur les « 10 raisons pour lesquelles la société est foutue. »

Pas étonnant. Je clique, plus par réflexe que par réel intérêt. Une voix monotone énumère des faits sur l'état du monde : crises politiques, écologiques, inégalités. Des trucs que je connais déjà, mais qui, apparemment, sont censés m'expliquer pourquoi je suis en colère, pourquoi je me sens déconnecté. Ça me fait doucement sourire. Comme si une vidéo pouvait résumer ce que je ressens au quotidien.

Je zappe ensuite sur une autre suggestion. Cette fois, une vidéo sur le minimalisme, cette tendance à tout simplifier, à vivre avec le strict minimum. L'idée m'a toujours un peu fasciné, mais je n'ai jamais vraiment sauté le pas. Pourtant, ça pourrait être une solution : tout lâcher, se débarrasser du superflu, vivre avec moins. Mais je sais que ça ne résoudrait rien. Même sans objets, même avec moins de choses matérielles, je me retrouverais toujours face à moi-même, avec cette même lassitude, cette même rage sourde contre un monde qui ne tourne plus rond.

Je continue de faire défiler les vidéos. Des documentaires sur des sujets divers, des analyses politiques, des compilations de scènes de films que j'ai déjà vus mille fois. Tout ça défile sous mes yeux, mais rien ne capte vraiment mon attention. L'algorithme croit me connaître, mais il est loin du compte. Il me propose du contenu basé sur ce que j'ai regardé auparavant, mais il ne comprend pas que ce que je cherche, je ne le trouverai pas ici. Pas dans ces vidéos, ni dans ces discussions stériles. Ce que je cherche, c'est peut-être juste une réponse à cette question qui me hante depuis longtemps : À quel moment tout a basculé ?

Les heures passent sans que je m'en rende compte. Les vidéos se succèdent, une après l'autre, comme une litanie silencieuse. Mais aucune d'elles ne m'apporte quoi que ce soit. Juste une autre distraction, juste un autre moyen de remplir ce vide.

Allez, il est temps d'aller dormir. Je me détache de l'écran, fatigué mais pas vraiment prêt à affronter la nuit. Je sais déjà comment ça va se passer. Une fois dans le lit, mon cerveau ne me laissera pas tranquille. Les pensées tourneront en boucle, encore et encore. Alors, comme chaque soir, je me prépare un dernier petit joint. Un geste devenu presque automatique, une habitude qui me permet de calmer un peu cette machine infernale dans ma tête.

Je sors sur la terrasse, le ciel est clair, rempli d'étoiles. Le silence de la nuit est apaisant, tout est calme autour de moi. C'est le seul moment où je ressens un peu de paix. Je m'allume mon joint et tire une longue bouffée, laissant la fumée se mêler à l'air frais. Les étoiles me semblent plus proches ce soir, presque à portée de main. Je me concentre sur elles, essayant de vider mon esprit, de ne penser à rien. Juste à cette étendue infinie au-dessus de moi, ce calme qui contraste tellement avec le chaos de ma journée.

Je ferme les yeux un instant, espérant que cette sensation de sérénité durera assez longtemps pour que je puisse fermer l'œil ce soir. Mais je sais que ce n'est jamais aussi simple. Mon cerveau n'aime pas le silence. Il déteste l'idée de me laisser en paix. Il va trouver un moyen de faire ressurgir mes inquiétudes, mes frustrations, mes doutes. Et demain, il faudra faire semblant d'être bien reposé. Parce que demain, on reçoit des amis.

Je soupire. Encore un autre de ces moments où il faut avoir bonne mine, sourire, discuter, comme si tout allait bien. Faire croire que la vie est belle, que tout est sous contrôle. Une autre journée où je vais devoir jouer un rôle. Mais pour l'instant, je me concentre sur le ciel, sur le calme, sur la fumée qui s'évapore lentement dans la nuit.

Je tire une dernière bouffée avant d'écraser le joint et de rentrer. Peut-être que cette nuit sera différente, peut-être que je réussirai à m'endormir sans trop lutter. Mais je n'y crois pas vraiment. Je me prépare mentalement pour demain, en espérant que je pourrai tenir le coup, sourire quand il le faudra, et faire semblant d'être celui qu'on attend de moi.

CHAPITRE 5

Putain, le réveil sonne. Ce bruit strident, agaçant, me tire brutalement des bras de Morphée. Enfin, si on peut vraiment appeler ça dormir. Vous voulez que je vous parle de ma nuit de rêve ? Pas sûr que vous soyez prêts pour ça. Parce que, comme à chaque fois, ce n'était rien d'autre qu'un interminable défilé d'idées pourries et de réveils en sueur. J'ai passé plus de temps à me retourner dans mon lit qu'à réellement dormir. Mon cerveau, fidèle à lui-même, n'a pas laissé une seconde de répit.

Il a fait son boulot, ce salaud : ressasser les mêmes pensées en boucle, remonter des souvenirs gênants, réanimer des conversations inutiles. Chaque mot mal placé, chaque regard de travers, chaque petit détail sans importance a refait surface, comme si c'était vital que je m'en souvienne à 3 heures du matin. Et puis, bien sûr, il a fallu qu'il me rappelle tout ce qui cloche dans ma vie. Mes échecs, mes frustrations, mes erreurs. Un vrai festival. Alors ouais, merci, cerveau. Belle performance cette nuit encore. Maintenant, il est 6 heures, et je dois me lever pour affronter une nouvelle journée. Génial.

Je me lève à contre-cœur, la tête encore lourde. Ce foutu réveil. Je l'écraserais bien, mais je sais que ça ne changerait rien. La journée commence, et il faut faire avec.

Aujourd'hui, c'est la journée où on reçoit des amis. Génial. Je dois être en forme, sourire, faire comme si j'avais passé une super nuit, comme si tout était sous contrôle. Tu parles. Je vais encore devoir jouer le rôle du mec détendu, prêt à accueillir tout le monde. Faire bonne figure, donner l'illusion que tout roule. Alors que la vérité, c'est que je me sens comme une vieille machine en surchauffe, prête à exploser. Je traîne mes pieds jusqu'à la salle de bain, me regardant dans le miroir. Mes cernes me saluent avec un air complice, comme pour me dire : On est toujours là, nous aussi. Je passe un peu d'eau froide sur mon visage, espérant que ça suffira pour donner l'illusion que je suis en pleine forme. Mais on sait tous les deux que ce n'est pas gagné.

Allez, Kevin, c'est parti pour une nouvelle journée. Fais semblant, encore une fois.

Pas le temps de traîner. Faut faire le ménage, parce que Madame est déjà à la tâche, bien évidemment. Elle s'active comme un chef d'orchestre, dirigeant les opérations avec une précision militaire. Attention, ici le paraître est essentiel. Hors de question de recevoir du monde si tout n'est pas parfaitement nickel. La moindre poussière est un ennemi à éliminer, le moindre objet mal rangé un affront à l'ordre qu'elle impose.

Je la regarde un instant, en train de tout planifier, donnant les ordres avec une fermeté que même un général de guerre n'aurait pas osé. Sérieusement, j'ai parfois l'impression qu'on prépare une inspection des forces spéciales, et non un simple après-midi entre amis. Elle passe en revue chaque détail : les coussins sur le canapé doivent être impeccablement disposés, les magazines sur la table parfaitement alignés, les verres dans le buffet rangés au millimètre près.

— Kevin, t'as pas encore passé l'aspirateur dans le salon ? lance-t-elle, les sourcils froncés.

Je soupire intérieurement, mais je me mets en route. Parce que oui, ici, les apparences sont primordiales. Tout doit briller, tout doit être en place, comme si on vivait dans un foutu catalogue d'intérieur. Comme si les gens allaient vraiment s'extasier devant la propreté de nos plinthes ou l'alignement de nos bibelots. Mais je sais que si quelque chose ne va pas, si un détail nous échappe, elle s'en voudra. Et par extension, ce sera ma faute aussi.

Alors je m'exécute, passant l'aspirateur en silence, tandis qu'elle continue à orchestrer la grande opération de nettoyage. Un ordre par-ci, un commentaire par-là. Rien ne lui échappe. Moi, j'essaie juste de faire ce qu'on me demande, sans trop réfléchir. Pas la peine d'ajouter de l'huile sur le feu.

Elle me demande d'aller vérifier la salle de bain, et je m'y rends sans discuter. Pas question de risquer un reproche pour un détail oublié. Je fais un tour minutieux, inspectant les moindres recoins. Le miroir est impeccable, pas une trace. Le savon est bien à sa place, dans son petit porte-savon chromé. La serviette est pliée avec précision, comme un carré parfait. Check, tout est en ordre. Rien à signaler. Pas de poussière, pas de gouttes d'eau, rien qui puisse attirer son regard acéré.

Je retourne au salon, où elle est déjà plongée dans un autre combat. Cette fois, c'est la déco qui monopolise son attention. Elle ajuste un coussin sur le canapé, déplace une bougie de quelques centimètres, puis recule pour observer l'ensemble comme un peintre devant sa toile. Je m'arrête dans l'embrasure de la porte, la regardant s'agiter avec ce mélange de méthode et d'intensité qui me dépasse toujours un peu. Pour elle, chaque détail compte. Pour moi, c'est juste un salon. Mais je ne dis rien. Je reste là, les bras croisés, attendant le prochain ordre. Parce que, comme d'habitude, il y en aura un.

— Ça te paraît bien comme ça ? me demande-t-elle en ajustant un vase.

Je regarde, mais honnêtement, je ne vois pas la différence. Que le vase soit à droite ou à gauche ne changera pas grand-chose pour moi. Mais pour elle, c'est une question de principe.

— Ouais, c'est parfait, je réponds, pour abréger.

Elle hoche la tête, un sourire furtif de satisfaction traversant son visage, et retourne aussitôt à son planning millimétré, celui qu'elle garde dans sa tête comme un général orchestrant une bataille. Chaque étape est soigneusement planifiée, chaque tâche a son rôle à jouer. Moi, je reste là, à suivre le mouvement sans poser de questions. Après tout, aujourd'hui, on reçoit du monde. C'est le rituel : la maison doit briller, les détails doivent impressionner, et surtout, il faut que tout soit impeccable.

C'est le grand jeu des apparences. Les meubles bien alignés, les fleurs fraîches dans leur vase parfaitement centré, les éclats de rire et les discussions légères qui masquent tout le reste. Et moi, je suis juste un pion dans cette partie.

Ding Dong…

Le bruit de la sonnette retentit, et je pousse un soupir intérieur de soulagement. Enfin, les corvées sont finies. Le ménage, la préparation, tout ça appartient au passé. Maintenant, place à la pièce de théâtre. La sonnette est comme un signal : la scène est prête, les acteurs sont en place, et le spectacle peut commencer. Je me redresse, effaçant les traces de lassitude de mon visage. Il est temps de jouer mon rôle.

Ma femme, déjà impeccable, se précipite vers la porte, sourire parfait aux lèvres, prête à accueillir nos invités comme une hôtesse de gala. Moi, je reste un peu en retrait, le masque déjà bien en place. Allez Kevin, fais semblant, je me dis. Parce qu'à partir de ce moment, tout ce qui va suivre ne sera qu'une mise en scène. De beaux sourires, des mots bien choisis, des échanges convenus, le tout bien emballé dans un joli paquet cadeau.

La porte s'ouvre sur nos amis, tout sourire eux aussi. Les politesses fusent immédiatement, des salutations chaleureuses, des compliments sur la maison – comme si ça avait la moindre importance. Je fais mine de me joindre à la conversation, offrant des sourires à droite à gauche, distribuant des « Comment ça va ? » avec la conviction d'un automate. Parce que je sais très bien ce qui va suivre. On va s'installer autour de la table, boire quelques verres, et les discussions vont commencer. Elles prendront toujours le même chemin, les nouvelles du boulot, les petits tracas du quotidien, les enfants, et puis, bien sûr, la politique. À chaque fois, c'est le même schéma. Chacun y va de son avis, et moi, je reste là, à hocher la tête, en laissant tout passer d'une oreille à l'autre.

On s'installe dans le salon, les verres de bienvenue en main, et la scène est parfaitement en place. Ma femme rayonne, échangeant des plaisanteries et des anecdotes avec nos invités. Tout est fluide, tout est sous contrôle. Moi, je me cale dans mon rôle de figurant, répondant aux questions qu'on me pose sans trop m'impliquer, faisant bien attention à ne rien laisser transparaître. Parce que dans ce genre de moment, la vérité est la dernière chose que les gens veulent entendre. Ici, tout le monde joue sa partition, tout le monde fait semblant.

Je bois une gorgée de mon verre. Allez, c'est parti pour quelques heures de faux-semblants.

Après un passage obligé au pipi room, je me retrouve devant le lavabo. L'eau froide coule sur mes mains, mais ce n'est pas vraiment ça qui attire mon attention. C'est mon reflet dans le miroir. Je lève la tête, les mains encore mouillées, et je m'arrête. Qui est cet homme devant la glace ?

Je me regarde fixement, comme si j'essayais de percer un mystère. Cet homme, c'est moi, évidemment. Mais en même temps, il me semble étranger. Le visage que je vois est fatigué, marqué par les années et les faux sourires. Je cherche dans mes yeux quelque chose de familier, une lueur, une trace de celui que j'étais avant. Mais ce que je vois, c'est un type usé, un type qui joue un rôle depuis trop longtemps.

Les rides au coin des yeux, les cernes, cette expression presque résignée... Est-ce que c'est vraiment moi ? À quel moment je suis devenu ce gars qui fait semblant, qui se contente de suivre le mouvement sans plus se poser de questions ? J'ai l'impression de ne plus reconnaître l'homme dans ce miroir. Il y a un fossé entre celui que je suis et celui que je pensais devenir. Je ne sais même plus si j'ai un jour su qui j'étais vraiment.

À quel moment tout a basculé ? La question me revient, encore et encore. Parce qu'à force de jouer le rôle de mari, de père, de chef au travail, j'ai fini par perdre de vue l'essentiel. Moi. Ce que je voulais vraiment. Ce qui me rendait heureux. Et là, dans ce miroir, je ne vois que le résultat de tout ça : un type fatigué, qui avance par habitude, par obligation, sans trop savoir où il va.

Je me passe de l'eau sur le visage, espérant que ça dissipera un peu cette sensation d'étrangeté, cette distance entre moi et mon propre reflet. Mais ça ne change rien. L'homme dans le miroir est toujours là, me fixant comme pour me demander : Qu'est-ce que tu attends pour tout foutre en l'air ?

Je secoue la tête. Pas le moment pour ça. Je prends une grande inspiration, essuie mes mains, et je retourne dans le salon. Le spectacle continue, et mon rôle n'est pas terminé.

L'après-midi suit son cours, parfaitement orchestrée. Le repas est terminé, les assiettes débarrassées, et maintenant, c'est le moment des bières entre hommes. C'est un rituel bien huilé, presque caricatural. Toujours la même répartition tacite : les femmes d'un côté, les hommes de l'autre. Comme si c'était une règle immuable, inscrite quelque part dans un manuel invisible de la convivialité.

On se regroupe sur la terrasse, loin des discussions « féminines » qui fusent dans le salon. Là-bas, on parle des ragots du quartier, des enfants, ou des astuces déco dénichées sur Instagram. Ici, sur la terrasse, on est censés discuter de « choses d'hommes », comme ils disent.

Je m'installe sur une chaise, une bière à la main, et je regarde les autres commencer leurs échanges. Le foot, les voitures, quelques blagues potaches... Rien de nouveau sous le soleil. Les conversations sont aussi prévisibles que le programme télé un dimanche après-midi. Je fais semblant d'écouter, opinant de temps en temps pour donner l'impression que je suis là, mais en réalité, je suis déjà ailleurs.

L'un des gars commence à se plaindre de son boulot. Un autre parle des soucis qu'il a avec sa voiture. Ça râle, ça rigole, ça se chamaille gentiment. Des problèmes, des petites histoires, du vent en somme. Je les regarde et je me demande si, comme moi, ils font semblant. Si, derrière leurs sourires et leurs plaintes, ils ressentent aussi ce vide. Ou est-ce que c'est juste moi qui suis devenu incapable de m'intéresser à ces conneries ?

Je bois une gorgée de ma bière. Autour de nous, les rires des femmes se font entendre depuis le salon. Elles doivent être en train de critiquer quelqu'un ou d'échanger les derniers potins. Toujours la même routine. Nous ici, elles là-bas, chacun dans son rôle, chacun jouant sa partition sans trop dévier. Parfois, je me dis qu'on pourrait tous interchanger nos places, que ça ne changerait absolument rien.

— Et toi, Kevin, ça roule au boulot ?

Je lève les yeux, légèrement agacé, mais je masque bien. C'est toujours la même question, posée avec ce ton qui se veut intéressé, mais qui sonne creux. Et je sais que ma réponse n'aura pas vraiment d'importance. C'est une danse bien rodée, un échange mécanique, sans surprise. Alors, je lui sers une réponse automatique, une phrase neutre, polie, qui ne lance pas vraiment de discussion, juste assez pour remplir le silence.

— Bof, comme d'hab, pas facile, mais ça va.

Il hoche la tête, satisfait, avant de replonger dans sa conversation sur les pneus neige. Moi, je reste silencieux, la bière à moitié vide dans la main. Encore un moment à traverser, encore une scène à jouer. Bientôt, ils partiront, et je pourrai retrouver un peu de calme. Mais pour l'instant, il faut encore sourire, encore faire comme si tout ça avait un sens.

La conversation, qui jusque-là roulait tranquillement entre les petites histoires de boulot et les dernières blagues, prend soudain une tournure plus sombre. Quelqu'un mentionne l'histoire de cet enfant disparu dont tout le monde parle en ce moment. Un gamin qui s'est volatilisé sans laisser de traces, une tragédie relayée en boucle par les médias. Je sens l'ambiance changer autour de moi. Les visages se ferment, les voix se font plus basses, comme si une lourde couverture venait de se poser sur le groupe.

Les gars commencent à échanger des réflexions plus graves, chacun y va de son commentaire : Quelle horreur, les pauvres parents, ça pourrait arriver à n'importe qui. C'est vrai que c'est tragique, mais en même temps, tout ça me semble tellement loin, tellement étranger. J'écoute à peine, perdu dans mes pensées. J'entends juste des bribes de phrases, des mots qui flottent autour de moi.

Et puis, il y a ce moment. Ce silence qui tombe brusquement, comme si tout le monde venait de prendre une grande inspiration en même temps. Un silence lourd de réflexions pseudo-philosophiques sur la vie, la mort, le monde qui tourne mal. Je les regarde tous, ces hommes en train de méditer sur l'injustice de la vie, sur ce monde qui devient fou. Et là, sans prévenir, c'est plus fort que moi. Ça monte, ça monte… et avant même que je puisse m'en empêcher, un fou rire m'échappe.

Putain... Merde. Comment j'ai pu perdre le contrôle ? Ce n'était pas censé arriver. Je pouvais sentir la tension monter, cette chaleur sourde qui bouillonnait quelque part en moi, mais je pensais pouvoir la contenir. Comme d'habitude. Mais cette fois, c'était différent. Cette fois, ça a explosé. Une seconde, juste une foutue seconde où tout m'a échappé. Plus de masque, plus de filtre. Juste moi, brut, à nu, sans aucune retenue.

Le rire éclate, incontrôlable, nerveux, comme si toute la tension accumulée ces derniers jours trouvait enfin une issue. C'est plus fort que moi, je n'arrive pas à m'arrêter. Je vois leurs regards choqués, incompréhensifs. Leurs sourcils qui se froncent, leurs bouches qui s'ouvrent légèrement, comme s'ils ne savaient pas quoi dire. L'un d'eux, bouche bée, me regarde avec des yeux ronds. Et ça me fait encore plus rire. C'est absurde, complètement absurde.

— Qu'est-ce qui te prend, Kevin ? demande l'un d'eux, visiblement mal à l'aise.

Je ne sais même pas quoi répondre. Je suis là, en train de me marrer comme un con, alors qu'on est censé réfléchir à une tragédie humaine. Mais c'est comme si ce rire avait pris le dessus sur tout le reste, comme si, pour une fois, je n'avais plus envie de jouer le rôle. C'est sorti tout seul, sans prévenir, comme une explosion. Et maintenant, je suis coincé là, à essayer de reprendre mon souffle, pendant qu'eux me dévisagent, probablement en se demandant si je ne suis pas en train de péter un plomb.

Je prends une grande inspiration, essayant de calmer ce rire hystérique. Je tousse un peu, puis m'efforce de retrouver mon calme. Mais c'est trop tard, le malaise est installé. Je vois bien qu'ils ne savent plus trop comment réagir. L'ambiance a complètement changé, et tout ça à cause de moi. Je devrais probablement dire quelque chose pour m'excuser, mais au fond, je n'en ai pas envie. Ce fou rire, c'était presque une délivrance. Comme si, pour une fois, j'avais osé briser la façade, même si c'était complètement déplacé.

Je m'adosse à ma chaise, les yeux rivés sur ma bière à moitié vide. Le silence pèse, et je sens les regards gênés se détourner lentement. Quelqu'un change de sujet, essayant maladroitement de remettre la machine en marche. Mais je sais que c'est fini. J'ai cassé quelque chose. Et au fond, ça me fait presque du bien.

L'après-midi s'est finalement achevé, comme si de rien n'était. Tout le monde a pris le chemin du départ, échangeant des politesses et des remerciements avec des sourires qui sonnaient creux. Personne n'a osé mentionner ma dérive, pas un mot, pas même un regard appuyé. Ils ont fait semblant, comme si ce moment gênant n'avait jamais existé, comme si mon fou rire incontrôlé n'avait été qu'une simple parenthèse, un accident insignifiant. Mais je sais qu'ils y ont pensé. Je l'ai senti dans leurs regards furtifs, ces éclats de jugement qu'ils tentaient de masquer derrière des banalités échangées. Ils n'ont rien dit, sûrement pour éviter de faire des vagues, pour que tout puisse rentrer dans l'ordre.

Mais rien n'est rentré dans l'ordre. Pas pour moi, en tout cas.

Ce moment reste figé dans ma tête, comme une tache qu'on essaie de gommer sans succès. Je revois la scène, encore et encore. Ce fou rire, absurde, incontrôlable, au pire moment possible, en plein silence solennel. C'était gênant, oui, sûrement insupportable pour eux, mais pour moi, c'était autre chose. C'était comme une libération, une échappatoire, un moyen de faire sauter cette valve de pression qui, sans que je m'en rende compte, était prête à exploser depuis un moment.

Qu'est-ce qu'il vient de se passer ? Je tourne et retourne la question dans ma tête, essayant de recoller les morceaux, de comprendre ce qui a déclenché cet éclat de rire, ce foutu dérapage qui n'a rien à voir avec moi. Ce n'est pas mon genre, d'habitude. Je suis celui qui garde tout sous contrôle, qui joue son rôle parfaitement, sans dépasser les limites. Et pourtant, c'est arrivé, sans prévenir, comme une valve qui cède sous la pression. Toute cette tension accumulée, ces non-dits, cette absurdité du quotidien que je supporte sans broncher... ça a éclaté, là, devant tout le monde. Pas un soupir discret, pas un sourire retenu. Non, un rire franc, brutal, incontrôlable. Et le pire, c'est que je n'ai aucune idée de pourquoi.

Ce qui me trouble le plus, c'est que je ne regrette même pas. Je devrais, non ? Après tout, j'ai brisé la façade, perturbé le décor soigneusement planté. J'ai vu les regards étonnés, gênés, ceux qui fuyaient pour ne pas affronter ce moment étrange. Et pourtant, au fond de moi, il y a une part de satisfaction. Ce rire, c'était comme une délivrance, une vérité qui s'échappait, une façon de dire que tout ça, ce jeu de rôles qu'on joue tous, est ridicule. C'était spontané, irréfléchi, brut. Et maintenant que je l'analyse, je me rends compte que ça faisait longtemps que je n'avais pas ressenti quelque chose d'aussi vrai. Peut-être que ce n'est pas moi qui ai perdu le contrôle, mais eux qui s'accrochent trop au leur.

En fait, ça m'a fait du bien. Ce fou rire, c'était plus qu'une simple réaction nerveuse. C'était comme si, pendant quelques secondes, j'avais enfin cessé de faire semblant. J'avais cessé de jouer mon rôle, de me plier aux attentes des autres, de suivre la chorégraphie sociale habituelle. Pendant ce court instant, j'étais moi-même, sans filtres, sans masque. Et ça, c'était peut-être ce qui me faisait le plus peur : que ce moment de vérité ait été aussi libérateur.

Mais qu'est-ce que ça veut dire pour moi ? Je n'arrête pas de me poser la question. Est-ce que ce rire, ce dérapage incontrôlé, est un signe que je perds pied ? Que la tension, la routine, la lassitude de ce quotidien millimétré sont en train de m'éroder, de me pousser lentement vers un point de rupture ? Peut-être que c'est ça. Peut-être que c'était le premier éclat, la première fissure dans cette façade que j'ai toujours portée, ce masque que je n'enlève jamais. Et si c'était ça, qu'est-ce que ça veut dire ? Que je suis en train de craquer, de devenir quelqu'un que je ne reconnais plus ? L'idée me terrifie autant qu'elle m'intrigue.

Mais une autre pensée germe en moi, plus sourde, plus insidieuse. Et si c'était le contraire ? Et si, pour la première fois depuis longtemps, je n'avais pas perdu pied, mais trouvé une sorte de lucidité ? Un réveil brutal, un moment où tout devient clair, où cette absurdité que je supporte sans broncher m'apparaît enfin dans toute sa laideur. Peut-être que ce rire, aussi déplacé soit-il, était une forme de libération, une vérité que je n'avais jamais osé affronter. Et si, au lieu de me perdre, je commençais à me retrouver ? Peut-être que ce n'est pas la fin, mais le début de quelque chose. Une part de moi veut croire ça. Une autre en a peur.

Je ne suis plus sûr de pouvoir continuer à jouer le jeu comme avant, à prétendre que tout va bien, que je peux encore m'adapter à ce rôle parfaitement calibré que tout le monde attend de moi. Ce masque, que j'ai porté si longtemps, commence à peser. Il glisse, craque par endroits, et je sens qu'il est sur le point de tomber. Avant, je savais le maintenir en place, serré contre mon visage, sans que personne ne se doute de rien. Mais maintenant, après cet éclat, après ce moment où tout a failli basculer, je sens que l'équilibre est devenu fragile. Trop fragile.

J'ai passé le reste de la journée comme un robot, traversant les heures avec la tête ailleurs. Tout s'enchaîne, chaque geste, chaque parole, tout est automatique. Les mouvements de mon corps suivent une mécanique bien rodée, comme si j'étais programmé pour fonctionner sans penser. Le dîner, la vaisselle, un échange de mots sans saveur avec ma femme et mon fils, tout se déroule sans que j'y sois vraiment. C'est comme si je regardais ma vie défiler à travers une vitre, impuissant, déconnecté.

Mais là, en haut… dans ma tête, c'est le chaos. J'ai une seule obsession qui tourne en boucle : cette fracture mentale, ce moment où tout s'est brisé cet après-midi. Ce fou rire, cette déchirure dans le masque que je porte depuis des années, me hante. Plus j'y pense, plus ça me travaille. Et à mesure que la journée avance, que je continue à jouer ce rôle sans âme, la question devient de plus en plus brûlante : Qui suis-je si je lâche tout ?

Si je laisse tomber ce masque, si je cesse de faire semblant, qu'est-ce qui reste ? Est-ce que je ne suis que ce type fatigué, enfermé dans une routine qui me ronge jour après jour ? Un père, un mari, un chef de cuisine, ou juste un mec paumé qui a oublié comment vivre ? Est-ce que je suis devenu un fantôme dans ma propre vie, un acteur qui ne croit plus à son propre rôle ?

La vérité, c'est que je n'en ai aucune idée. Parce que toute ma vie, j'ai fait ce qu'il fallait. J'ai suivi les règles, j'ai construit cette existence avec Alice, avec notre fils, avec ce boulot qui me bouffe chaque jour un peu plus. Mais aujourd'hui, tout ça semble loin, vide, comme une coquille creuse.

Et si je lâche tout, bordel… qu'est-ce qu'il me reste ? Est-ce que je deviendrais un homme libre, ou juste un type qui a tout foutu en l'air sans savoir pourquoi ? Est-ce que j'ai encore la force de tout reprendre à zéro, ou est-ce que je suis condamné à continuer cette mascarade jusqu'à la fin ?

Ces pensées tournent dans ma tête comme des vautours. Elles me bouffent de l'intérieur. Et plus j'essaie de les chasser, plus elles reviennent en force. Je me sens pris au piège entre cette vie que je n'arrive plus à supporter et cette peur immense de tout abandonner, de tout perdre.

La journée touche à sa fin, et moi, je suis encore là, figé dans cette spirale sans fin. Chaque mot que je dis, chaque sourire que je force, c'est du vent. Il n'y a plus rien de vrai là-dedans. J'attends la nuit comme on attend un répit, mais je sais déjà que même dans mes rêves, ce poison continuera de me ronger.

Qui suis-je si je lâche tout ? Peut-être que demain, je le saurai. Ou peut-être pas.

CHAPITRE 6

Comme chaque jour, la routine matinale d'un jour de travail débute. Le réveil sonne, et cette lumière grise de l'aube filtre à travers les rideaux, dessinant des ombres pâles sur les murs. Je reste un moment immobile, les yeux ouverts, à sentir cette lassitude habituelle me gagner, prête à s'installer comme une vieille amie indésirable. Mais cette fois, quelque chose cloche. Ce n'est pas la même fatigue que d'habitude. Non, cette fois, je me sens... reposé. Et ça, bordel, c'est bizarre.

Cette nuit, j'ai bien dormi. Pas ces pseudo-sommeils agités où je tourne dans le lit en ressassant des trucs inutiles. Non, un vrai sommeil. Profond, sans réveils brusques, sans ces cauchemars gluants qui me collent à la peau au point que j'ai l'impression de ne pas m'être reposé. Mais ce n'est pas tout. Le vrai truc dingue, c'est que hier soir... après tout ce temps... j'ai fait l'amour à ma femme. Pas cette version mécanique, sans passion, où on le fait juste parce qu'il faut bien. Non. Hier soir, c'était différent. Je ne sais pas pourquoi. Peut-être un reste d'énergie que je ne pensais plus avoir, ou peut-être que, pour une fois, j'ai réussi à arrêter de penser à tout ce qui cloche dans ma vie. Mais c'était bon, bordel. Ça m'a presque rappelé pourquoi on est ensemble. Presque.

Et maintenant, je suis là, à regarder ce plafond banal, avec cette drôle de sensation. Est-ce que ça va durer ? Est-ce que c'est juste un sursis avant que la routine ne me retombe dessus comme une enclume ? Je n'en sais rien. Mais pour une fois, je sens autre chose que ce foutu vide. Et ça, c'est déjà pas mal.

Je me redresse dans le lit, jetant un coup d'œil à Alice qui dort encore paisiblement à côté de moi. Ses cheveux en bataille sur l'oreiller, sa respiration régulière. Elle ne se doute probablement de rien, pour elle c'était sûrement juste un autre soir, une autre nuit normale. Mais moi, je sens qu'il y a quelque chose qui a changé.

Le café coule dans la machine pendant que je passe en revue mentalement la journée qui m'attend. Le boulot, les collègues, le directeur qui va encore me demander de faire des heures supp' parce que c'est toujours moi qui trinque. Rien de nouveau sous le soleil. Mais cette fois, je me sens un peu plus… léger, comme si le fardeau pesait un peu moins.

Je prends une grande gorgée de café brûlant et me laisse aller dans ma chaise. La vie continue, les routines aussi. Mais cette nuit, bordel, j'ai dormi. Et pour la première fois depuis longtemps, j'ai l'impression que tout n'est pas complètement foutu. Peut-être que je peux encore trouver un moyen de sortir de cette spirale, ou au moins de respirer un peu mieux dans ce bordel qu'est devenu mon quotidien.

Sur la route pour le travail, je me sens bien. Une sensation étrange, comme si le poids habituel sur mes épaules avait diminué. C'est clair, quelque chose a lâché dans ma tête hier, comme une soupape qui s'était ouverte, laissant s'échapper toute cette pression accumulée. Le monde autour de moi semble un peu moins oppressant ce matin. L'air est frais, la route est calme, et je me surprends même à apprécier le trajet. Ce n'est pas grand-chose, mais c'est déjà ça.

Mais malgré cette légèreté, une pensée revient sans cesse me hanter. Le prix à payer. Le prix de cette libération soudaine. Je repense à la réaction de mes amis hier, au malaise qui s'était installé après mon fou rire. Personne n'avait rien dit, pas un mot sur mon éclat de rire au pire moment possible. Ils avaient juste fait semblant que ça n'avait jamais existé. Mais leurs regards... Ces regards furtifs qu'ils échangeaient en silence, c'est ça qui me reste en tête.

Qu'est-ce qu'ils ont pensé, vraiment ? Que je suis en train de péter les plombs ? Que j'ai enfin craqué sous la pression ? Ou alors, pire encore, qu'ils m'ont déjà rangé dans la case des gars qui commencent à perdre pied ? Peut-être qu'ils se sont dit qu'il valait mieux ne pas en parler, éviter le sujet pour ne pas mettre les pieds dans ce qui pourrait devenir un terrain glissant.

Et moi, là, sur la route, je me demande si ça valait le coup. Cette soupape qui a lâché, ce poids qui s'est allégé... est-ce que ça justifie ce malaise, cette rupture silencieuse avec ceux qui me connaissent depuis des années ? Parce qu'au fond, je sais que ça ne passera pas inaperçu. Même s'ils n'ont rien dit sur le moment, ça a laissé une trace. C'est un truc que tu ne peux pas effacer, un truc qui change la dynamique. Je suis plus le même à leurs yeux, je le sens. Et maintenant, il faut que je vive avec ça.

Le calme autour de moi n'efface pas ces pensées, mais je me rends compte d'une chose : pour la première fois depuis longtemps, je m'en fous un peu. J'ai lâché quelque chose hier, et peut-être que c'était nécessaire. Peut-être que c'était la seule façon de continuer, même si ça coûte de perdre une part de l'image qu'ils avaient de moi. Peut-être que ça vaut mieux que de continuer à porter ce fardeau invisible.

Je prends une grande inspiration, les yeux sur la route devant moi. Pour l'instant, ce matin, je me sens bien. Je me sens léger, et c'est une sensation que j'avais presque oubliée. Peut-être qu'il y a un prix à payer, mais pour une fois, ça ne me semble pas si lourd.

Une fois arrivé au travail, je reste dans la voiture. Je coupe le moteur, mais je ne sors pas tout de suite. J'ai besoin de souffler cinq minutes. Juste moi, seul, dans cet espace confiné, où personne ne me demande rien. Je ferme les yeux, m'appuyant contre le dossier du siège. Le silence, le calme avant la tempête. Je respire profondément, essayant de me convaincre de garder le contrôle aujourd'hui. Pas de vagues, pas de faux pas.

Je me répète cette phrase comme un mantra : Ne fais pas de vagues. Parce que je le sais, mine de rien, ce boulot, c'est mon gagne-pain. C'est ce qui me permet de subvenir aux besoins de ma famille, de faire vivre cette petite bulle de stabilité. Je suis l'homme de la maison. J'ai des responsabilités, et ça, je ne peux pas l'oublier, même si, à l'intérieur, tout semble vouloir exploser parfois.

La vérité, c'est que peu importe ce que je ressens, peu importe à quel point ce travail me pèse, je n'ai pas le luxe de tout envoyer valser. Les factures continuent de tomber, mon garçon a besoin de ses affaires, Alice compte sur moi. Et moi… je dois tenir, quoi qu'il arrive. Ça fait partie du rôle. Le jeu ne peut pas s'arrêter.

Alors, je me donne cinq minutes pour tout relâcher avant de remettre le masque. Pas d'éclat de colère, pas de remarques acides. Juste le Kevin professionnel, celui qui tient le coup, qui fait tourner la cuisine, même si tout le reste semble tourner de travers. Parce que si je lâche ici, ça ne sera pas seulement mon problème. Ce serait toute ma vie qui pourrait se casser la gueule.

Un dernier soupir. Je rouvre les yeux. La réalité m'attend dehors. Je sors de la voiture, ferme la portière d'un coup sec et me dirige vers l'entrée du restaurant. « Allez, Kevin, reste calme. Fais juste ce qu'il faut pour traverser la journée ».

Comme d'habitude je me dirige vers la machine à café. Les collègues sont déjà là, tous alignés, les uns à côté des autres, échangeons leur bonjour mécanique. Je les entends à peine, leur voix se mêlant à cette routine quotidienne, devenu une sorte de fond sonore désagréable. Et comme chaque jour je me prépare à m'incruster dans ce ballet hypocrite.

Mais aujourd'hui, il se passe quelque chose. Un instant, une fraction de secondes... Une pensée traverse mon esprit, aussi fugace que violente. Je m'imagine. Non, je les imagine devant moi un par un, avec un couteau à la main, les mutilant avec une joie immense. Chaque coup porté me procure soulagement indescriptible. Dans cette vision, il n'y a ni hésitation, ni remords. Juste un plaisir sauvage, une libération totale de cette rage qui gronde en moins depuis des mois, peut-être des années.

C'est là que ça arrive. Un frisson me parcourt, glacial, descendant le long de ma colonne vertébrale, et d'un coup, je suis arraché à ce fantasme sanglant. Je reviens à la réalité. Le café coule toujours dans la machine. Les collègues continuent de discuter de leurs soucis banals, sans même se rendre compte du monstre qui, l'espace d'un instant, avait pris le contrôle de mes pensées.

Je reprends mon souffle, mes mains se crispent sur la tasse encore vide, mais mon visage, lui, reste impassible. Je force un sourire, celui qu'ils attendent de moi, celui que je sais maîtriser à la perfection.

— Salut tout le monde ! je dis d'une voix parfaitement amicale. Rien dans mon ton ne trahit le chaos qui, quelques secondes plus tôt, menaçait d'exploser. Je suis de retour dans mon rôle, lisse et sans vague, exactement comme prévu.

Mais ce frisson reste là, une trace invisible de ce qui vient de se passer. Et au fond de moi, je ne peux pas m'empêcher de me demander, jusqu'à quand je vais tenir ?

Pendant que je m'affaire dans la cuisine, mes pensées dérivent à nouveau vers ce ballet macabre que j'avais imaginée. Je ne peux m'empêcher de ressentir un rictus se dessiner sur mes lèvres, un sourire que je tente de dissimuler derrière un masque de concentration. C'est une sensation étrange, presque exaltante, comme si j'étais aux commandes d'une réalité alternative où tout ce que je ressens, cette colère, cette frustration, cette rage sourde, pouvait enfin s'exprimer sans retenue.

Il est difficile de décrire cette excitation qui monte en moi. C'est comme une montée d'adrénaline, un pouvoir sauvage qui pulse à travers mes veines. Chaque coup de couteau que je donne, chaque plat que je dresse, devient une sorte de catharsis. Mais il faut que je garde cela pour moi. Si l'un de mes collègues, ou pire, mon directeur, se rendait compte de ce que je ressens, ce serait la fin de mon masque. Je ne peux pas me permettre cela.

Je me concentre sur les tâches quotidiennes, mais cette pensée me hante, une ombre insidieuse dans ma conscience. Chaque rire, chaque échange banal autour de moi devient une provocation, une insulte à mon état d'esprit. Alors je me contente de sourire, de hocher la tête en signe d'approbation, tout en portant ce poids invisible sur mes épaules.

Et pendant que je continue à travailler, le contraste entre cette façade amicale et le tumulte intérieur ne cesse de grandir. Je suis prisonnier de mes propres pensées, tiraillé entre ce que je devrais être et ce que je désire réellement. Jusqu'à quand vais-je pouvoir jouer ce rôle ?

C'est l'heure de la pause repas, et tout le monde est assis à la même table, les visages fatigués et les yeux rivés sur le directeur, qui commence son briefing habituel. Son discours, un blabla insipide sur les chiffres de vente et les objectifs à atteindre, ne fait que m'ennuyer. Alors que ses paroles se déversent comme une litanie sans fin, mon esprit dérive, et mon imagination refait des siennes.

Je le vois, ce directeur, là devant nous, à la tête de cette table, se pavanant avec une arrogance démesurée. L'idée surgit soudainement, aussi grotesque qu'exaltante. Je m'imagine lui passant une corde autour du cou, l'attrapant avec un sourire satisfait. Je lève les yeux au ciel, imaginant le moment où je le suspendrais. Puis, dans ma tête, je me mets à le frapper comme une piñata, avec une rage incontrôlable, chaque coup me libérant de la pression accumulée.

Une partie de moi est horrifiée par cette pensée, mais une autre s'en délecte. Le fracas de mes coups résonne dans mon esprit, tandis que la table se transforme en un ring de boxe, où je serais enfin le maître du jeu. Je pourrais enfin briser ce cycle d'hypocrisie et de soumission qui me ronge. Mon cœur s'emballe à cette idée, et un sourire malicieux se dessine sur mes lèvres, que je dois réprimer pour ne pas éveiller les soupçons.

Je scrute les visages autour de la table. Certains hochent la tête, absorbés par ses paroles, d'autres regardent leurs assiettes avec un ennui palpable. Personne ne se doute de l'orage qui gronde dans mon esprit, des pensées sombres qui dansent comme des fantômes autour de moi. Je me force à écouter, à prendre des notes sur ce qui pourrait m'apporter un semblant de normalité, mais l'ombre de mes idées violentes continue de planer, prête à se matérialiser dans un futur incertain.

Alors que le directeur termine enfin son discours, je me rends compte que je dois être vigilant. Un faux pas, et tout pourrait s'effondrer. Je reprends mon souffle, me réajuste sur ma chaise, et cache cette tempête intérieure sous un masque d'indifférence. Mais la tension est là, sourde, et je sais que, tôt ou tard, cette façade va craquer.

CHAPITRE 7

Le reste de la journée se déroule comme d'habitude, une succession de scènes familiales banales. Je rentre chez moi, me fondant dans la routine bien huilée, mais au fond de moi, cette fracture mentale me hante. Je suis comme un acteur sur une scène, jouant un rôle que je connais par cœur, mais qui commence à me peser de plus en plus.

Le repas du soir est préparé dans le silence habituel, Alice s'affairant aux fourneaux, son regard concentré sur la cuisson. Je m'assois à la table, échangeant des banalités avec notre fils, qui raconte sa journée à l'école. Tout cela m'apparaît comme une scène répétée, une routine que je ne remets plus en question. Je souris et acquiesce, mais à l'intérieur, je lutte contre le désespoir qui me ronge.

Après le repas, nous nous installons dans le salon pour regarder la télévision. Alice s'enivre de l'émission de télé-réalité qu'elle adore, tandis que je me perds dans mes pensées. Les éclats de rire de mon garçon résonnent dans la pièce, mais ils ne parviennent pas à briser la barrière que j'ai érigée autour de moi. Je suis présent, physiquement, mais mon esprit est en désaccord avec cette vie tranquille, cette façade de bonheur.

Plus tard, je prends un moment pour moi, assis sur le canapé, le regard perdu dans le vide. Je fume un joint, le calme se répand lentement en moi, mais la voix de ma conscience ne fait que croître. Quand ai-je commencé à vivre ainsi ? Je me questionne sur ce qui m'a mené à cette existence. Les obligations familiales, les attentes, la nécessité de faire semblant… tout cela se mêle à une profonde solitude.

Quand vient le moment de dire bonne nuit à mon petit, je me sens tiraillé. Je l'embrasse tendrement, mais le poids de mes pensées obscures ne me lâche pas. Je lève les yeux vers Alice, cherchant quelque chose, n'importe quoi, qui pourrait me rassurer ou m'éveiller à la réalité, mais je trouve seulement l'habitude.

La nuit arrive, et je me retrouve face à mes démons, seul dans le noir, les pensées tourbillonnant autour de moi. Cette fracture qui m'angoisse devient de plus en plus réelle, et je sens qu'il ne me reste plus beaucoup de temps avant que tout cela n'explose. Quand vais-je briser ce cycle ? Quand vais-je enfin oser dire ce que je ressens ?

Je m'interroge, assis là dans la pénombre, les pensées enchevêtrées comme des fils barbelés. Je me demande si, un jour, cette fracture qui me ronge deviendra plus profonde, plus irréversible. Est-ce que toutes ces scènes que je m'imagine, c'est vision macabre qui dansent dans ma tête comme des ombres, resteront de simples fantasmes où est-ce que, finalement, elles deviendront réelles ?

L'idée me fait frémir autant qu'elle m'excite. Jusqu'à maintenant, je me suis toujours contenu. Je suis resté sur cette ligne fine entre le réel et l'imaginaire, m'accrochant désespérément à la normalité, ah cette routine quotidienne qui, pourtant, me tue un petit feu. Mais je sens que quelque chose est en train de changer. Il y a cette énergie sombre qui grandit en moi, se nourrit de ma frustration, de ma colère, de se dégoût profond pour la société, pour les gens, pour tout ce qui m'entoure.

Chaque jour, ces scènes sanglantes me semblent plus nette, plus réelles. Elles ne sont plus des images floues dans un coin de mon esprit ; elles deviennent des scénarios possibles, des chemins que je pourrais emprunter si jamais je lâcher prise. Je les vois clairement : la corde autour du cou du directeur, le sang éclaboussant les murs de la cuisine, les corps sans vie de ses collègues hypocrites. L'idée d'agir sur ses pulsions me fait presque sourire, comme si enfin, je pourrais être libre de cette tension insupportable.

Mais est-ce que je serai capable de passer à l'acte ? Est-ce que cette fracture va se fissurer au point de m'entraîner dans une chute libre ? Ou bien, vais-je continuer à vivre avec ses fantômes dans ma tête, allez caresser sans jamais leur donner vie ? C'est ça, la véritable question. Suis-je condamné à rester enchaîné à mes fantasmes, où vais-je un jour me libérer ?

Je m'inquiète de cette réponse, autant que je l'attends avec impatience. Mes mains se crispent, mais mâchoire se serrent. Parce qu'au fond, je sais que si je franchis cette ligne, il n'y aura plus de retour en arrière. Plus de vie normale. Plus de routine. Juste cette liberté brutale, pure, dévastatrice.

CHAPITRE 8

Quelques jours se sont écoulés, une suite de journées sans éclat, sans heurts apparents. Pourtant, dans le fond de ma tête, la tempête gronde. Je fais bonne figure, je me lève chaque matin, je vais au travail, je rentre à la maison, je répète les mêmes gestes. Mais ces derniers jours, quelque chose a changé. Les scénarios macabres, d'abord cantonnés à mon entourage immédiat, s'étendent désormais à des inconnus croisés dans la rue, au supermarché, à l'école de mon fils.

Je me surprends à regarder les visages autour de moi et, sans même y penser, des scènes d'horreur prennent vie dans mon esprit. La caissière qui scanne les articles devient, dans un coin de ma tête, une victime imaginaire. Le voisin, qui me salue avec son sourire forcé, se transforme en un simple figurant dans un massacre que je mets en scène sans le vouloir. Ce sont des inconnus, des gens pour lesquels je n'ai aucun ressentiment particulier, mais quelque chose en moi déraille.

Je suis conscient que ce ne sont que des pensées, des visions éphémères. Mais elles m'obsèdent. Elles sont de plus en plus présentes, comme si mon esprit avait trouvé une nouvelle source de distraction morbide. Ce ne sont plus seulement mes collègues ou mon directeur qui me font fantasmer des vengeances sanglantes, c'est désormais tout le monde. Je me surprends à imaginer des horreurs, des détails sordides, comme si mon esprit cherchait à tester jusqu'où il pouvait aller dans l'abject.

Et pourtant, extérieurement, rien ne transparaît. Je continue à sourire, à échanger des politesses, à jouer le jeu de la normalité. Mais au fond de moi, je me demande combien de temps encore je vais pouvoir contenir cette tension. Ces fantasmes sont-ils seulement des exutoires, ou bien un avertissement, une prémonition d'un point de rupture inévitable ?

Je secoue la tête pour chasser ces idées, mais elles reviennent, encore plus fortes. Est-ce que je deviens fou, ou est-ce simplement une forme d'évasion tordue ? Je n'en sais rien. Tout ce que je sais, c'est que chaque jour qui passe, cette fracture en moi s'élargit.

Mais... au fond de moi, je sens que quelque chose résiste à cette rationalisation. Je me dis que c'est normal, que d'autres doivent penser comme moi. Après tout, qui ne rêve pas parfois de tout envoyer balader, de céder à une impulsion destructrice, même juste dans sa tête ? Ce sont des pensées fugaces, des échappatoires aux absurdités quotidiennes, à cette société qui, chaque jour, semble nous pousser un peu plus vers le bord du gouffre.

Pas besoin d'en faire un plat, je me répète en boucle. Ce sont juste des pensées. Rien de plus. Des fantasmes inoffensifs qui finiront par disparaître, comme tout le reste. Je me rassure ainsi, encore et encore. Mais il y a ce mais, toujours là, qui flotte dans l'air, invisible et lourd à la fois.

C'est ce mais qui me taraude. Ce doute sourd qui s'infiltre dans mes certitudes. Et si... Et si un jour, ces pensées devenaient plus qu'une simple évacuation mentale ? Et si je finissais par trouver un réconfort dans ces scénarios ? Et si, un jour, je ne pouvais plus les repousser aussi facilement ? Parce que, pour être honnête, elles ne s'évanouissent jamais complètement. Elles reviennent, toujours plus fortes, plus claires.

Je me dis que ça va passer. Que je vais trouver un autre exutoire, une autre façon de relâcher la pression. Mais, plus les jours passent, plus ces pensées me semblent être un écho à ce monde absurde qui m'entoure. Un reflet de cette violence sourde qui couve partout, que personne ne veut reconnaître. Peut-être que je ne fais que capter ce que tout le monde ressent, mais refuse d'admettre.

Alors, je continue. Je me lève chaque matin, je bois mon café, je fais semblant d'écouter les conversations banales, je joue mon rôle à la perfection. Mais ce mais, il reste là, silencieux et insidieux, comme une bombe à retardement dont je ne connais pas l'heure de l'explosion.

Je me demande ce qui va me faire basculer. Est-ce qu'il y aura un élément déclencheur ? Une phrase lancée avec trop de désinvolture, un geste déplacé, un regard qui durera une seconde de trop ? Je sens cette tension croître en moi, comme une bête tapie dans l'ombre, prête à surgir. Chaque jour qui passe, je m'attends à ce que quelque chose éclate, un mot ou une action qui brisera définitivement cette mince barrière entre le monde réel et mes pensées les plus sombres.

Et pourtant, une part de moi est effrayée. Je me dis que je pourrais perdre le contrôle, que cette fracture mentale pourrait me conduire à faire quelque chose d'irréversible. La peur me serre parfois la gorge, et je lutte pour ne pas me laisser emporter par ce flot d'idées noires qui tourbillonnent dans ma tête.

Mais en même temps, une autre part de moi attend ce moment avec impatience, comme si ce lâcher-prise était inévitable, presque libérateur. La routine me pèse tellement que je ne sais plus si je redoute ou si j'espère cet instant où tout pourrait enfin exploser.

Qu'est-ce qui va se passer quand la soupape sautera ? Est-ce que je serais capable de me retenir une dernière fois ? Ou est-ce que ce sera le point de non-retour, le moment où la façade parfaite se brisera en mille morceaux ?

Ce soir, comme tous les soirs, je me retrouve seul dans le salon, une bière à moitié vide posée sur la table basse. La maison est plongée dans une tranquillité trompeuse. Alice et Thomas dorment à l'étage. Moi, je reste là, l'esprit englué dans une mélasse de fatigue et de pensées malsaines. J'allume la télévision, plus par habitude que par réelle envie. Les images défilent, mais je ne les regarde pas.

Et puis, ça arrive. Une simple pensée, d'abord. Une image fugace d'un couteau posé sur la table de la cuisine. Rien d'inhabituel. Mais cette fois, elle ne disparaît pas. Au contraire, elle grandit. Le couteau se retrouve entre mes mains. Sa lame froide et brillante reflète une lumière que je ne reconnais pas. Je vois mes doigts qui le serrent, mes pieds qui avancent, comme s'ils avaient leur propre volonté.

Je ferme les yeux pour chasser cette vision. Mais elle persiste, comme gravée à l'intérieur de mes paupières. Et soudain, je ne suis plus dans mon salon. Je me tiens dans la cuisine, le couteau bien réel dans ma main. Mon cœur s'emballe. Je regarde autour de moi, la pièce est plongée dans l'obscurité, mais tout semble étrangement précis.

Je sens une présence. Une silhouette indistincte se forme dans le coin de la pièce. Est-ce Alice ? Non, c'est impossible. Elle dort. Pourtant, dans cette vision – si c'en est une – la silhouette s'approche. Mon souffle devient rauque. Je n'ai plus le contrôle. Mes doigts se resserrent sur le manche du couteau. Mon bras se lève.

Et puis... plus rien. La lumière crue du salon me ramène brutalement à la réalité. Je suis toujours sur le canapé, ma bière tiède dans la main. Le silence est oppressant. Mais mon cœur bat à tout rompre, comme si tout avait été réel. Je regarde mes mains, tremblantes. Elles sont vides, mais l'impression du manche du couteau est encore là, imprimée dans ma paume.

Ces visions... elles ne sont plus des pensées passagères. Elles sont plus réelles, plus vivantes. Elles m'assaillent à chaque instant, de plus en plus intenses. Dans la rue, je vois les visages des passants se déformer, devenir des cibles dans des scènes que je ne contrôle plus. À la maison, les murs semblent vibrer sous le poids de cette tension. Même mon fils, dans sa chambre, me paraît lointain, comme s'il appartenait à un autre monde.

La pire, c'était hier. J'ai entendu un cri. Perçant, glaçant, comme venu de nulle part. J'ai couru dans la maison, cherchant d'où il venait. Mais il n'y avait rien, personne. Juste ce cri qui résonnait encore dans ma tête. Je commence à douter. Est-ce que je perds la raison ? Ou est-ce que je me rapproche d'une vérité que je refuse de voir ?

Chaque vision est plus vive que la précédente. Elles ne disparaissent plus au réveil. Elles me suivent, me hantent, me consument. Je ne sais plus si je suis éveillé ou endormi. Tout ce que je sais, c'est que je glisse. Lentement, mais sûrement. Et je ne vois plus le fond.

Le lendemain matin, je prends la voiture pour aller au travail. La route est toujours la même : un ruban gris qui serpente entre champs et lotissements. Le silence est pesant, uniquement rompu par le ronronnement monotone du moteur. Je roule machinalement, mon esprit ailleurs. Ces derniers jours, je me surprends à conduire comme un automate, sans réellement prêter attention à la route. Mais aujourd'hui, quelque chose est différent.

Alors que j'approche d'un virage, un camion apparaît en sens inverse. Ses phares brillent comme deux soleils aveuglants. Et là, sans prévenir, une vision surgit. Elle n'est pas comme les autres, elle m'envahit complètement. Dans ma tête, je vois ma main tourner brusquement le volant, mon véhicule quittant sa trajectoire pour aller percuter le camion de plein fouet. L'impact est brutal, déchirant, et pendant un instant, je ressens tout : la violence du choc, le bruit assourdissant, l'éclatement des vitres.

Mais ce n'est qu'une vision, n'est-ce pas ? Je secoue la tête pour m'en convaincre, mais mes mains tremblent sur le volant. Mon cœur bat à toute vitesse, et je dois me concentrer pour rester sur la route. Pourtant, ce n'est pas fini.

Quelques minutes plus tard, alors que je traverse un passage piéton, une autre scène me submerge. Cette fois, c'est une femme avec une poussette qui attend sur le trottoir. Dans mon esprit, je vois mes pieds enfoncer la pédale d'accélérateur au lieu du frein. La voiture bondit, fauche la poussette, renverse la femme. Tout est si détaillé que j'en ai la nausée. Je sens les vibrations de l'impact jusque dans mes bras, j'entends les cris déchirants.

Quand je reviens à moi, je suis à l'arrêt au milieu de la route. Les klaxons fusent derrière moi, les conducteurs s'impatientent. Je ne sais même pas comment j'ai évité de bouger, de céder à ces visions. Je serre le volant si fort que mes doigts me font mal. Je prends une profonde inspiration et redémarre, mais le trajet entier est devenu un champ de bataille mental. Chaque croisement, chaque voiture, chaque piéton est une nouvelle menace, une nouvelle scène macabre qui prend vie dans ma tête.

En arrivant, je reste assis dans ma voiture pendant de longues minutes, incapable de bouger. Les visions étaient si réelles, si envahissantes. Pour la première fois, je me demande si je suis réellement en sécurité, ou si ces pensées finiront par prendre le contrôle. Ce ne sont plus des simples échappées de mon imagination. Ce sont des impulsions, des forces invisibles qui me poussent à agir. Et je ne sais plus si je pourrais les repousser encore longtemps.

Au travail, tout semblait normal, ou presque. Les mêmes visages, les mêmes conversations insipides. Pourtant, sous la surface, je sentais les visions tapies, prêtes à surgir au moindre relâchement. Mais elles étaient différentes aujourd'hui. Plus discrètes, comme si elles attendaient leur heure. Je pouvais presque les ignorer, me convaincre que tout allait bien.

Je suis resté concentré sur mes tâches, m'efforçant de me perdre dans la monotonie. Pendant quelques heures, j'ai cru que j'avais repris le contrôle. Mais ce n'était qu'une illusion.

À la pause déjeuner, un collègue s'est assis en face de moi à la cafétéria. Il racontait une anecdote sur ses vacances, un sourire idiot accroché à son visage. Je faisais semblant d'écouter, hochant la tête au bon moment, lançant un rire forcé ici et là. Mais dans ma tête, une scène se jouait en arrière-plan.

Cette fois, ce n'était pas un couteau ou un objet tranchant. Non, c'était mes mains. Elles s'enroulaient autour de son cou, serrant lentement. Je pouvais sentir la texture de sa peau sous mes doigts, entendre ses protestations étouffées, voir son visage virer au rouge, puis au bleu. Mais ce n'était qu'une pensée, une image fugace. Rien de plus. Je me suis forcé à revenir à la réalité, à replonger dans sa conversation inutile.

—Tu rêves ou quoi ? a-t-il lancé en agitant une main devant mon visage. J'ai souri, prétendant que je réfléchissais à un truc. Il a hoché la tête, visiblement satisfait de ma réponse, et a repris son monologue. Mais pendant un instant, j'ai eu peur qu'il ait vu quelque chose dans mes yeux. Une étincelle, un éclat qui aurait trahi mes pensées.

L'après-midi s'est déroulée sans incident majeur. Les visions étaient là, comme une ombre persistante, mais elles ne m'ont pas submergé.

Juste des flashes : le visage de mon supérieur déformé par la panique, un mug brisé utilisé comme arme improvisée, un couloir désert baigné d'un étrange silence. Rien de plus. Je les repoussais, comme on chasse une mouche agaçante

CHAPITRE 9

À 22h heures, en quittant le service, je me sentais étrangement soulagé. Comme si j'avais survécu à une bataille invisible. Mais en même temps, je savais que ce répit était temporaire. Les visions allaient revenir. Elles étaient toujours là, plus patientes, plus insidieuses. Et je savais qu'un jour, elles seraient trop fortes pour que je puisse les ignorer.

Ce soir, je ne rentre pas directement à la maison. Je sais que je devrais, mais l'idée de m'asseoir dans ce salon silencieux avec mes pensées comme seules compagnies m'est insupportable. Je fais un détour, comme guidé par une impulsion que je ne contrôle pas. Je m'arrête devant un bar que je connais à peine, un petit établissement à la lumière tamisée. Ce n'est pas dans mes habitudes, mais ce soir, je n'ai pas envie d'être moi-même.

En entrant, une odeur familière de bière et de tabac froid m'enveloppe. Quelques habitués sont accoudés au comptoir, des éclats de rire ponctuent le bruit des verres qui s'entrechoquent. Je m'installe à une table dans un coin sombre, espérant être invisible. Le serveur s'approche, et je commande un whisky, sec.

Pourquoi pas ? Ce n'est pas comme si j'avais des règles à respecter ce soir.

Le premier verre glisse facilement. Il brûle, mais c'est un feu apaisant, une chaleur qui brouille les contours de ma réalité. Je me sens presque normal. Les visions s'estompent, reléguées à l'arrière-plan. Je commande un deuxième verre, puis un troisième.

Mais l'illusion ne dure pas. À mesure que l'alcool monte, les pensées reviennent, plus vives, plus intrusives. Je lève les yeux vers le comptoir. Un homme y est assis, seul, les épaules voûtées. Dans ma tête, une image surgit, je me lève, attrape une bouteille vide, et la fracasse sur son crâne. Le bruit du verre qui éclate, le sang qui coule, les hurlements des autres clients. Tout cela semble si réel que je m'arrête de respirer une seconde.

Je détourne le regard, essayant de me recentrer, mais une autre scène m'envahit. Cette fois, c'est le serveur. Il s'approche avec une assiette dans les mains. Je vois mes doigts s'enrouler autour de son col, le tirer par-dessus la table. Je l'entends crier, sentir la résistance de son corps. Je cligne des yeux, et tout disparaît. Le serveur est devant moi, souriant poliment, me demandant si je veux un autre verre.

— Non, ça ira ! dis-je d'une voix rauque. Il s'éloigne, et je reste là, cloué sur ma chaise. Le brouhaha du bar s'amplifie, se déforme. Les rires deviennent des hurlements, les ombres s'allongent et se tortillent comme des créatures vivantes. Je sens ma respiration s'accélérer, mes mains trembler.

Je dois sortir. Maintenant. Je me lève brusquement, renversant presque ma chaise, et je quitte le bar sans un regard en arrière. L'air froid de la rue me frappe en plein visage, mais il n'apaise pas le chaos dans ma tête. Les visions me suivent, même ici, dans le silence de la nuit. Elles murmurent, s'insinuent, se nourrissent de mon épuisement et de mon désespoir.

Je m'appuie contre un mur, la tête basse, essayant de reprendre le contrôle. Mais une question me hante : et si ce n'était pas l'alcool qui amplifiait ces pensées ? Et si elles étaient là pour rester, indépendamment de ce que je fais pour les noyer ?

Une fois rentré chez moi, je fais tout pour ne pas réveiller Alice et Thomas. Je m'efforce de monter les escaliers sans un bruit, mais mon esprit est encore embrouillé par l'alcool et les images du bar. Chaque pas semble résonner dans la maison vide, et je me sens comme un intrus dans ma propre vie.

Dans la chambre, Alice dort profondément, son souffle régulier brisant le silence oppressant. Je reste un instant immobile près de la porte, à la regarder. Elle a toujours ce visage paisible lorsqu'elle dort, comme si rien ne pouvait l'atteindre. J'envie cette sérénité. Mais ce soir, quelque chose en moi change.

Une pensée fugace me traverse : est-ce que je pourrais lui faire du mal ? La simple idée me terrifie. Mais au lieu de repousser cette vision comme je le fais habituellement, elle reste là, tapie, comme une bête qui guette son moment. Je secoue la tête et me dirige vers la salle de bain. De l'eau froide sur mon visage, voilà ce qu'il me faut.

Le miroir ne ment pas. Mon reflet est celui d'un homme en morceaux, un visage marqué par la fatigue, les cernes profondes, les yeux rouges. Mais ce n'est pas moi. Pas vraiment. Derrière mes yeux, il y a quelqu'un d'autre, ou quelque chose d'autre. Je le sens. Cette fracture, cette dualité, devient de plus en plus claire. Je baisse les yeux pour éviter de croiser mon propre regard, mais une autre vision surgit.

Cette fois, c'est Alice. Je la vois entrer dans la salle de bain, surprise de me trouver là. Mais ce n'est pas une scène ordinaire. Dans ma tête, tout dérape. Mes mains s'élèvent, agrippant sa gorge. Je sens la force de ma poigne, sa peau sous mes doigts, ses yeux écarquillés par la panique. Je lutte contre cette image, mais elle persiste, plus nette que jamais.

Je recule brusquement, heurtant le mur derrière moi. Le miroir me renvoie un reflet déformé, comme si ma peur avait altéré la réalité. Je me murmure que ce n'est pas réel, que ce ne sont que des pensées. Mais ces pensées deviennent trop vives, trop tangibles.

Je quitte la salle de bain précipitamment, m'enfermant dans le bureau. Assis dans l'obscurité, je sens mes mains trembler. Et là, pour la première fois, je me demande si je ne devrais pas demander de l'aide. Mais à qui ? Comment expliquer à quelqu'un que mon esprit me trahit, que je vois des choses que je ne veux pas voir, que je pense à des choses que je ne veux pas penser ? Qui pourrait comprendre ça sans me juger ou me craindre ?

CHAPITRE 10

La fin de semaine arrive enfin, traînant avec elle l'épuisement des jours passés, comme une marée lente et poisseuse. Mais cette fatigue ne me pèse plus autant qu'avant. Elle s'est transformée en un voile étrange, un filtre à travers lequel je vois le monde d'une manière décalée, grotesque. Mes pensées tordues, autrefois sombres et oppressantes, ont pris une nouvelle teinte. Je ne les combats plus. À vrai dire, elles me divertissent maintenant. Elles sont devenues des compagnes fidèles, des petites voix railleuses qui transforment chaque moment en un spectacle absurde.

Dans ma tête, tout est matière à dérision. Le quotidien, avec ses gestes monotones et ses visages banals, s'est transformé en un théâtre comique où mes pensées s'emballent. Prenons cette réunion de mardi, par exemple. Le directeur, debout devant nous, déblatérait sur les objectifs trimestriels. Je le regardais, mais tout ce que je voyais, c'était un clown. Littéralement. Un costume trop grand, des chaussures ridicules, un nez rouge qui clignotait à chaque mot prononcé. Et puis, dans mon esprit, il trébuchait sur le câble du rétroprojecteur, envoyant ses graphiques voler comme des confettis. J'ai dû réprimer un fou rire en plein milieu de son discours pompeux. Mon voisin m'a regardé étrangement, mais ça n'a fait qu'ajouter à l'absurdité de la scène.

Et ce n'est pas tout. Pendant que j'attendais à la caisse du supermarché hier, mes pensées ont dérivé. Je regardais les clients alignés, et soudain, ils ont pris une autre forme dans mon esprit : une parade grotesque. La vieille dame devant moi avait un chapeau de carnaval ridicule, le caissier lançait les produits en l'air comme un jongleur maladroit, et les enfants pleurnichant derrière moi se transformaient en sirènes d'alarme vivantes. C'était si absurde que j'ai dû sourire, et ce sourire a attiré un regard suspect du caissier. Il devait se demander pourquoi je riais tout seul dans cette file interminable.

Ces visions, autrefois terrifiantes, sont maintenant ridicules. Parfois, je m'imagine en train de transformer une dispute au bureau en une scène de film muet, avec des gestes exagérés et des intertitres humoristiques. Ou encore, je vois mes collègues transformés en pantins désarticulés, leurs cordes tirées par des mains invisibles. Plus c'est grotesque, plus c'est drôle. C'est devenu une façon de supporter l'absurdité de tout ce qui m'entoure. Les règles, les codes, les attentes – tout me paraît risible.

Mais ce qui me fascine, c'est que cette dérision ne fait qu'intensifier ma propre folie. Les scènes dans ma tête deviennent de plus en plus extravagantes, de plus en plus absurdes. Elles se mélangent à une réalité que je ne prends plus vraiment au sérieux. Parfois, je ne sais même plus si je ris de ce que je vois ou si je ris parce que je ne ressens plus rien. Ce détachement est étrange, comme si je regardais la vie à travers une vitre déformante, où tout est grotesque, mais étrangement captivant.

Je me rassure en me disant que tant que j'arrive à rire, je garde le contrôle. Mais une petite voix, tout au fond, me murmure parfois que ce rire est le dernier rempart avant le vide. Après tout, quand tout devient une blague, est-ce qu'il reste encore quelque chose de sérieux ? Peut-être que je m'accroche à ce rire pour ne pas sombrer. Ou peut-être que je suis déjà tombé, et que je n'ai simplement pas encore touché le fond. Mais pour l'instant, je préfère me laisser bercer par cette comédie absurde qui se joue dans ma tête, comme un fou riant au milieu des ruines.

CHAPITRE 11

Ce matin-là, nous avons décidé, presque sur un coup de tête, de partir nous ressourcer au bord du lac. L'envie soudaine de quitter la routine, de s'échapper du quotidien pesant, nous a poussés à préparer un simple pique-nique et à prendre la route. Pas de plan précis, juste le besoin de respirer un air différent, de retrouver ce calme que la vie semble nous voler chaque jour. Loin du bruit, loin des tracas. Juste nous trois, ensemble.

Le temps semble suspendu, figé dans cette bulle de tranquillité rare. Allongé sur l'herbe douce, je laisse mes pensées se dissiper, emportées par le souffle léger du vent qui danse à travers les feuilles. Le clapotis régulier de l'eau contre les rochers berce mes sens, comme une mélodie simple et apaisante. Rien d'autre n'existe que cet instant.

Alice est là, silencieuse, le regard perdu vers l'horizon, contemplant sans vraiment voir, mais son calme me rassure. Thomas rit doucement en lançant des cailloux dans le lac, ses éclaboussures rythmant ce moment suspendu. Il n'y a pas de cris, pas de tension. Juste nous trois, enveloppés par cette quiétude fragile, presque irréelle.

Je les observe, un poids insaisissable quittant ma poitrine, comme si l'angoisse habituelle avait été avalée par le lac lui-même. Est-ce ça... la paix ?

Je ferme les yeux, savourant la chaleur douce du soleil sur mon visage, laissant cette sensation rare m'envahir. Pas de voix. Pas de murmures. Juste le silence bienveillant de la nature et la simplicité de leur présence à mes côtés. Pour une fois... je respire.

Une pensée furtive traverse mon esprit : Et si je pouvais garder ça ? Prolonger cet instant, m'y accrocher, le protéger de tout ce qui, d'ordinaire, me hante. Peut-être que la réponse est là, dans cette immobilité bienfaisante...

Peut-être que je pourrais encore trouver l'équilibre.

Je laisse mes lèvres s'étirer en un sourire presque imperceptible. Pour la première fois depuis bien trop longtemps, je me sens humain. Je me sens vivant.

Les jours passent, se ressemblent, et j'ai fini par retrouver un semblant de havre de paix chez moi, en famille. Ce n'est pas l'euphorie, loin de là, mais c'est une forme de stabilité qui me surprend presque. Les repas en famille, les discussions avec Alice, les moments passés avec mon fils, tout cela me procure un apaisement inattendu. On pourrait croire que les tensions se sont dissoutes, mais ne vous méprenez pas.

Ce ballet macabre dans ma tête, lui, n'a pas disparu. Il reste là, bien présent, tapi dans un coin de mon esprit, mais je l'ai apprivoisé. Il ne me fait plus peur. En société, il se joue encore, dans le silence de mes pensées. C'est devenu une sorte de refuge, une échappatoire mentale que je cultive discrètement. Chaque fantasme sombre, chaque scénario tordu qui se dessine dans mon esprit, c'est comme une soupape de sécurité. Ça me permet de tenir le coup, de faire face à l'absurdité des jours qui défilent.

Au fond, ça fait du bien. Ce sont mes petits secrets, ces pensées inavouables que je garde pour moi, et qui m'aident à traverser les moments les plus insupportables de cette routine. Ça devient presque un jeu, une manière de rire de cette façade sociale que je continue de maintenir. Parce que oui, en apparence, je joue le jeu, je fais ce qu'on attend de moi. Mais à l'intérieur, je sais qu'une partie de moi danse toujours sur le fil, prête à se briser. Et bizarrement, ça me donne une certaine force.

Un jour comme tous les autres, je rentre chez moi après une longue journée, soulagé à l'idée de retrouver la tranquillité de la maison. La porte franchie, je remarque immédiatement que quelque chose cloche. Alice est là, assise à la table de la cuisine, les bras croisés, le regard fixé sur un point invisible. Son visage est sérieux, bien trop sérieux, et cette expression glaciale ne présage rien de bon.

Je sens un poids tomber dans mon estomac, un pressentiment lourd qui m'envahit. Sans même me laisser le temps de poser mes affaires, elle m'invite à m'asseoir, d'un geste calme, presque trop calme. Je m'exécute, malgré moi. Chaque mouvement devient mécanique, lent, comme si je voulais retarder l'inévitable.

— Il faut qu'on parle, Kevin.

Ces mots. Ceux que je redoute depuis des mois, ceux que je savais qu'elle finirait par prononcer. Ma gorge se serre, mon cœur bat un peu plus fort. Je la fixe, incapable de dire quoi que ce soit, tandis que tout dans son attitude m'indique qu'elle a quelque chose de grave à me dire.

Elle commence, hésitante, cherchant ses mots, mais le ton est déjà chargé de reproches et de tristesse.

— Kevin... je ne sais même pas par où commencer. Je suppose que c'est l'amour. Ou plutôt, ce qu'il en reste. Tu sais, l'amour, c'est bizarre. On croit que c'est quelque chose d'inébranlable, qu'une fois qu'on l'a trouvé, il est là pour toujours, peu importe ce qui arrive. Mais c'est faux. Il change, il s'effrite, il se transforme en quelque chose d'autre. Et parfois, il disparaît sans qu'on s'en rende compte, ou presque.

Je la regarde, figé, les mains moites. Elle continue, son visage se tordant légèrement sous le poids de ses émotions.

— Je ne peux pas te dire à quel moment exactement c'est arrivé. Peut-être que c'était progressif, petit à petit, sans que je m'en aperçoive. Peut-être que c'était toi, ou peut-être que c'était moi. Mais l'amour que j'avais pour toi... il n'est plus là de la même façon. Ce n'est plus pareil, et je ne peux plus faire semblant.

Elle se tait un instant, cherche ses mots, mais son regard reste dur, fixé sur moi. Ses paroles me frappent, mais je ne peux que rester immobile, comme paralysé. Puis elle reprend, plus doucement cette fois, mais avec une franchise qui fait mal.

— Je ne te blâme pas, Kevin. Enfin... pas entièrement. Je sais que tu travailles dur, que tu essaies de subvenir à nos besoins, de prendre soin de nous, mais je me sens seule. Ça fait longtemps que je me sens seule. Et toi, tu es là physiquement, mais mentalement, tu es ailleurs. Toujours préoccupé par ton boulot, tes pensées. J'ai essayé de te parler, de te faire comprendre, mais tu ne m'écoutais jamais vraiment.

Je serre les poings sous la table, mais je n'interromps pas. Elle a besoin de sortir tout ça, et moi, je suis là, piégé, sans pouvoir faire quoi que ce soit. Elle inspire profondément avant de lâcher ce qui suit, comme un coup de poignard.

— Je... j'ai rencontré quelqu'un.

Ces mots résonnent dans l'air, lourds, tranchants. Mon cœur s'arrête un instant, puis redémarre douloureusement. Je savais que quelque chose n'allait pas, mais entendre ça... je ne m'y attendais pas.

— Il s'appelle Eric. Il est... différent. Lui, il m'écoute, Kevin. Il est là. Il n'est pas occupé au travail tout le temps. Il ne passe pas son temps à fuir dans ses pensées. Avec lui, je me sens vue. Je me sens moins seule. Et je ne dis pas ça pour te blesser, mais juste pour que tu comprennes. Ce n'est pas un caprice, ce n'est pas une impulsion. Ça fait longtemps que je me sens comme ça, et lui... il est arrivé dans ma vie au moment où j'avais besoin de quelqu'un.

Elle baisse les yeux, et je sens son désarroi, sa culpabilité. Pourtant, ses mots continuent de me heurter. C'est comme si tout ce qu'elle disait avait été préparé à l'avance, comme si elle avait attendu ce moment pour me balancer cette vérité.

— Je ne te dis pas ça pour te faire du mal, mais parce que c'est la réalité. Je me sens vivante avec lui, et avec toi... je me sens comme un fantôme. Comme si je n'existais plus vraiment. Et je sais que ce n'est pas juste pour toi, mais je ne contrôle pas ça, Kevin. L'amour, on ne le contrôle pas. Il arrive, il part, et parfois, il ne revient plus. C'est dur à dire, mais je préfère être honnête avec toi plutôt que de continuer cette mascarade, pour nous et pour notre fils.

Elle essuie une larme qui coule sur sa joue, puis lève les yeux vers moi, cherchant une réaction que je ne parviens même pas à lui offrir. Mon cerveau est bloqué, incapable de traiter tout ce qu'elle vient de dire.

— Je ne sais pas ce que ça signifie pour nous, ni où ça nous mènera. Mais je ne peux plus continuer comme ça, Kevin. Il faut qu'on parle, qu'on trouve une solution, pour nous, pour notre famille. Parce que continuer comme ça, ce n'est plus possible.

Elle s'arrête enfin, le silence entre nous devenant presque palpable. Je la fixe, cherchant des mots, une réponse, mais rien ne vient. C'est comme si, à ce moment précis, le sol s'était dérobé sous mes pieds.

Un vide total. Tout s'est effacé. Les mots d'Alice n'existent plus. Tout ce que je ressens, c'est ce bourdonnement sourd, oppressant, qui résonne au plus profond de mon crâne. Il n'y a plus rien, sauf cette voix. Une voix que je n'avais jamais vraiment entendue aussi distinctement, aussi présente. Elle est là, elle gronde dans ma tête, omniprésente, impossible à ignorer.

« Tue. Découpe. Tranche. Écrase. Percé. Éclate. Broie. »

Ces mots tournent en boucle, comme un vieux disque rayé qui se répète inlassablement. Ils s'imposent, s'enfoncent dans mon esprit, m'envahissent complètement. Je sens mes poings se serrer, mes mâchoires se contracter. La tension monte, se concentre dans chaque muscle de mon corps.

Je la regarde. Elle est là, assise, ses larmes, son visage marqué par la tristesse, par la culpabilité, par tout ce que je ne veux plus voir. Les mots continuent de tourner dans ma tête, en boucle. La seule échappatoire que mon esprit semble me proposer est là, brutale, sans appel.

« Tue. Découpe. Tranche. Écrase. Percé. Éclate. Broie. »

Je sens une chaleur envahir mes mains, comme si elles bouillaient de l'intérieur, prêtes à agir, prêtes à libérer cette rage silencieuse qui n'a cessé de grandir. Mon regard se fixe sur elle, sur chaque détail de son visage, et la voix s'amplifie, devient plus forte, plus précise, plus impossible à ignorer.

Je tente de respirer, de reprendre le contrôle, mais c'est inutile. Chaque inspiration semble s'enliser dans ma poitrine comme un poids insupportable. Mon esprit cherche désespérément une échappatoire, une issue à cette pression incessante, à cette voix qui résonne sans relâche dans ma tête, implacable, omniprésente.

« Tu ne peux pas fuir… Tu es à moi… Nous sommes un. »

Je secoue la tête violemment, tentant de chasser cette voix envoûtante, mais elle est toujours là

L'alarme de mon téléphone me ramène brutalement à la réalité. Un son strident qui tranche net à travers le chaos de mes pensées, me tirant de l'obscurité où j'étais enfoncé. Sauvé par le gong, littéralement. Je regarde l'écran, il est l'heure d'aller chercher le petit à l'école.

Merde. Maintenant, je dois faire face à une autre réalité. Comment je vais lui dire, à lui ? Il n'a que 10 ans. Comment est-ce qu'on annonce ça à un gamin ? Ce n'est pas comme si c'était un truc qu'on peut tourner en dérision ou balayer sous le tapis. Il n'y a pas de formule magique, pas de mode d'emploi pour dire à son fils que ses parents vont se séparer.

Un sentiment de panique monte. Je repense à sa tête, à ses questions habituelles après l'école. « Ça va, papa ? T'as passé une bonne journée ? et moi, je vais lui dire quoi ? oh, nickel, comme d'habitude ! Ah, et au fait, avec maman, on se sépare. Sérieusement ? » Non mais c'est absurde. Ça va forcément le bouleverser, il va pleurer, poser des questions, peut-être même nous en vouloir. Et moi, je suis censé gérer ça, sans exploser.

Je respire profondément, essayant de calmer la tempête à l'intérieur de moi. Je sens mes mains trembler légèrement, mais je les serre. Il va falloir trouver les mots, même si je ne sais pas encore comment. Un truc simple. Direct, mais sans lui balancer tout ça comme une bombe. Mais bordel, il n'y a vraiment pas de bonne façon de dire à un enfant que son monde va changer.

— Va chercher le petit, on continuera cette conversation plus tard.

Ses mots tombent comme une enclume sur mes épaules déjà écrasées. Sérieusement ? Qu'est-ce qu'elle veut dire de plus encore ? Comme si ce n'était pas assez clair. Bordel, elle a déjà tout balancé, qu'est-ce qu'il reste à discuter ? Ah oui, j'imagine... les modalités pratiques, hein ? Qui garde quoi de notre maison, comment on va se partager les meubles, les objets, comme si on divisait un puzzle en deux morceaux imparfaits. Et puis bien sûr, l'inévitable : la garde de notre enfant.

Je suis déjà fatigué rien que d'y penser. Fatigué de tout ce bordel, de cette mascarade de couple parfait qu'on a essayé de tenir debout pour les apparences. Fatigué de cette société qui t'enfonce avec des règles à suivre, des cases à cocher, même quand ton monde s'effondre. Et là, en plus, il va falloir tout organiser comme si on était deux parfaits étrangers en train de négocier une transaction. Toi, tu prends le canapé, moi, je garde le lit. Absurde.

Et puis il y aura la garde partagée. Les trajets, les week-ends alternés, les calendriers à respecter. Comme si on pouvait découper une vie familiale en morceaux symétriques et parfaitement coordonnés. Je soupire, déjà épuisé par ce qui m'attend. Tout ça me semble tellement... mécanique, froid. Comme si l'amour qu'on avait autrefois, la famille qu'on avait construite, pouvait juste être rangé dans des cartons et expédié en deux directions opposées.

Je me lève, ramassant les clés de la voiture avec une lassitude qui s'incruste jusqu'à l'os. Allez, on reprend ça plus tard, comme si c'était une simple pause café. Mais non, ce n'est pas ça. C'est la fin. La fin d'un chapitre, et je suis tellement fatigué que j'ai même plus la force d'en lire la dernière page.

Finalement, je me dis que ce n'est pas le bon moment. Alors je fais comme d'habitude. Je récupère notre fils, et dans la voiture, c'est le même jeu des questions-réponses.

— Ça a été ta journée, papa ?

Je réponds par les phrases automatiques. Rien d'exceptionnel, juste une autre journée. Il ne se doute de rien, et moi, je m'accroche à cette routine, à cette façade qu'on a si bien appris à maintenir. Comme si tout était normal. Comme si, derrière cette tranquillité apparente, il n'y avait pas une tempête prête à éclater.

Le reste de la journée se passe sans accroc. Pas de tension, pas d'animosité. Alice et moi, on arrive encore à fendre ce rôle de couple normal, de parents unis. On dîne ensemble, comme si tout était intact, comme si notre monde n'était pas en train de se désagréger lentement.

Le petit est couché maintenant. Sa respiration régulière résonne dans la maison, et je me surprends à envier sa naïveté, sa tranquillité d'esprit. Lui, il ne sait rien, il dort paisiblement dans un monde où ses parents sont encore ensemble. Demain, il se lèvera comme d'habitude, sans savoir que, pour nous, tout est en train de changer.

Allez, c'est reparti. L'heure de reprendre cette foutue discussion approche. Dans la joie et la bonne humeur, hein ? Quelle belle ironie. Tout ça sent le sarcasme à plein nez, mais qu'est-ce que je peux faire d'autre ? Ce n'est pas comme si je pouvais y échapper. C'est ce moment inévitable où on doit mettre les cartes sur la table, où tout ce qui a été caché ou ignoré pendant des mois, voire des années, est enfin exposé.

Je me prépare mentalement. Ça va être une danse délicate, pleine de faux-semblants, d'accords tacites et de sourires crispés. Oui, bien sûr, je comprends... On trouvera une solution. Les phrases toutes faites, les compromis sans âme. Peut-être qu'on va même essayer de rendre ça civilisé, comme si on était deux adultes raisonnables qui peuvent discuter de leur séparation sans que ça parte en vrille.

Mais en vrai, la seule chose qui résonne dans ma tête, c'est que tout ce cirque est absurde. Cette mascarade de normalité, alors qu'on sait tous les deux que rien ne sera plus jamais comme avant. Allez, on va sourire et faire comme si tout ça n'était qu'une formalité, comme si la suite allait être facile à gérer. Je m'en amuse presque tellement c'est pathétique.

Alors, avec un léger rictus, je me prépare pour la grande scène. Que le spectacle continue.

À ma grande surprise, la conversation ne prend pas du tout la tournure que j'avais imaginée. Pas de discussion sur le partage des biens, sur qui garde quoi. Non, rien de tout ça. Comme pour essayer de faire passer la pilule plus facilement, elle me dit que je peux tout garder. La maison, les meubles, tout. D'un coup, ça me semble trop facile, trop généreux... mais à quel prix ?

Puis elle lâche la véritable bombe, celle qui me frappe en plein cœur

— Je pars vivre avec lui... à l'autre bout de la France et j'emmène notre fils.

Le temps semble s'arrêter. Mon cerveau refuse de traiter l'information, comme si les mots n'avaient aucun sens. Elle part. Elle s'en va, loin, avec lui. Et elle prend notre fils avec elle. Mon fils. Mon gamin. Je sens la colère monter, cette chaleur qui brûle dans mes veines, mais je reste figé, incapable de bouger ou de parler. Je suis cloué sur place par cette révélation, cette trahison.

Je me demande même si elle se rend compte de l'impact de ce qu'elle vient de dire. Pour elle, c'est peut-être une solution pratique, une manière d'organiser sa nouvelle vie. Pour moi, c'est une déchirure brutale, irréversible. Ils vont partir, loin de moi, loin de cette maison que je vais continuer d'habiter seul, avec tous les souvenirs qui y sont ancrés. Comme si tout pouvait être balayé d'un simple revers de la main.

La voix dans ma tête refait surface, celle qui chuchote des choses sombres, des choses que je préfère ignorer. Mais cette fois, je ne peux pas. Parce que cette situation, c'est la fracture définitive.

— Tu n'as rien à dire ? La voix d'Alice claque comme un fouet dans l'air.

—Voilà ce que je te reproche toujours, ce foutu silence !
Exprime-toi, bordel !

Je sens le poids de son regard sur moi, une attente presque
désespérée, mais qu'est-ce que je suis censé dire ? Je serre les
dents, un mélange de colère et de résignation m'envahit. Puis, les
mots sortent, glacials, coupants

— Tu veux que je te dise quoi ? Tu as déjà pris ta décision,
non ? Tout est déjà bouclé, emballé. Qu'est-ce que tu attends de
moi maintenant ? Une scène, des pleurs ? Que je me mette à
genoux en te suppliant de rester ?

Je la regarde, le visage fermé. Elle sait que je ne suis pas de ceux
qui crient ou qui se battent pour des causes déjà perdues. Je vois
dans ses yeux qu'elle attendait autre chose, une réaction
différente peut-être, mais la vérité, c'est que je suis épuisé.
Fatigué de ces non-dits, de cette vie qui, petit à petit, m'a glissé
entre les doigts.

— Tu pars avec lui. Et tu prends notre fils avec toi. Alors
quoi ? Je suis censé dire « merci » pour la maison et les meubles,
c'est ça ?

Ma voix tremble, entre colère et désespoir, mais je ne fais rien
pour la contenir. Les mots sortent, crus, sans filtre, comme un
torrent que je ne peux plus arrêter. Comme si ça compensait tout
le reste ? Comme si ça effaçait tout ce qu'on a construit, tout ce
que j'ai perdu pour en arriver là ?

Je la fixe, cherchant une réponse dans son regard, un signe
qu'elle comprend l'ampleur de ce qu'elle fait, de ce qu'elle
détruit. Mais elle reste figée, presque stoïque, comme si elle
avait déjà tout décidé, comme si ma réaction n'avait plus
d'importance. Et c'est ça qui me brûle le plus. Ce détachement,

cette froideur qui me fait sentir que je ne suis plus qu'un obstacle dans son chemin, un souvenir gênant à ranger avec le reste.

— Alors c'est ça, hein ? Je reprends, ma voix s'élevant un peu plus.

— Tu fais tes valises, tu refais ta vie, et moi, je suis censé rester là, à sourire comme un idiot, à faire comme si ça allait ?

Je sens la rage monter, mais elle n'est pas seule. Elle s'accompagne d'une douleur profonde, un gouffre qui s'ouvre dans ma poitrine. Parce qu'au fond, je sais que c'est fini. Que tout est déjà décidé. Et ça me tue.

Le silence s'installe à nouveau, lourd et oppressant, comme une chape de plomb qui tombe entre nous. Je la regarde, mais je ne dis rien. Les mots semblent inutiles, incapables de combler l'espace béant qui s'est ouvert. Je l'entends soupirer, un son long, chargé de regrets ou peut-être d'un soulagement qu'elle n'osera pas avouer. Comme si elle venait seulement de prendre la mesure de ce qu'elle vient de dire, de l'impact que ses mots ont eu. Mais pour moi, il n'y a plus de retour en arrière. La fracture est trop profonde, et je sens qu'elle ne peut plus être réparée.

Ce qu'elle a dit continue de résonner dans ma tête, comme un écho cruel et insistant. Je ne sais pas ce qui me dérange le plus : la vérité brute de ses paroles ou le fait que je n'ai rien vu venir. Peut-être les deux. Mais au fond, ce n'est pas seulement ce qu'elle a dit. C'est tout ce que ça représente, tout ce que ça implique. Chaque fissure, chaque non-dit, chaque compromis silencieux que j'ai fait pour en arriver là. Et maintenant, c'est comme si tout ça s'effondrait d'un coup, irrémédiable. Je veux parler, répondre, mais je n'en trouve pas la force. Le silence s'étire, et je comprends que c'est lui qui dit tout.

CHAPITRE 12

C'est trop. La voix dans ma tête hurle, plus fort que jamais. Un démon en moi se réveille, gronde, tape contre ma poitrine, réclamant de sortir. J'ai envie de hurler, de tout casser. De faire taire cette situation insupportable, de faire taire tout ce qui bouillonne en moi depuis trop longtemps. Je sens mes mains trembler, mon souffle se raccourcir. Le sang bat à mes tempes.

Sans dire un mot de plus, je me lève brusquement. Je ne lui laisse même pas le temps de réagir. Mes pas résonnent lourdement jusqu'à la porte, que je claque violemment derrière moi. Le bruit résonne dans la maison, comme un écho de ce qui se passe dans ma tête.

Je me jette dans la voiture, mes mains crispées sur le volant, mes jointures blanchies par la rage. Le démon, cette voix dans ma tête, continue de me harceler. « Frappe. Détruis. Anéantis. » Le scénario défile en boucle, encore et encore, et je me vois faire l'irréparable.

Le moteur rugit sous mes pieds, et je m'enfonce dans la nuit. J'ai besoin de m'éloigner, de fuir, de mettre de la distance entre moi et cette maison avant que je ne fasse quelque chose que je regretterais pour le reste de ma vie. La voix me guide, me pousse, mais je sais que je dois tenir bon. Juste conduire, rouler, me perdre sur des routes désertes. M'enfuir avant que tout n'explose.

Au volant de ma voiture, je hurle, les insultes jaillissent sans filtre. Chaque coup de volant est plus brusque, mes mains tremblent sur le volant, mes muscles tendus comme si j'étais prêt à exploser. Je ne sais même pas où je vais, les routes défilent sous mes yeux, floues, dénuées de sens. Mais la peur grandit. Ce n'est plus juste de la colère, c'est autre chose. Un vide qui m'avale lentement.

Je sens que je sombre. Une partie de moi se débat encore, cherche désespérément à remonter à la surface, mais cette voix... elle me ronge, se fait plus forte. « Tout va bien se passer. Laisse-moi faire. Repose-toi. » Sa douceur sinistre me glace. C'est comme un poison qui s'infiltre doucement, promettant du répit.

Je secoue la tête, comme pour la chasser, mais elle persiste. « Pourquoi lutter, Kevin ? Tu as assez donné, assez souffert. Laisse-moi le contrôle. » Ma respiration s'accélère, la panique monte, je me sens à la dérive, à la frontière de quelque chose d'incontrôlable.

Le démon en moi jubile. Je le sens, là, tapi dans un coin de mon esprit, ricanant sournoisement, se nourrissant de chaque instant de ma faiblesse. Il guette ma fatigue, il s'en délecte. Il sait que je suis à bout, que mes défenses sont usées, fissurées par le poids des jours et des nuits sans fin. Et moi, je suis terrifié. Pas de lui, non. Je suis terrifié de ce que je pourrais devenir si je lui laissais les commandes, même une seconde. Parce que ce démon, ce n'est pas une force étrangère. C'est moi. C'est une part de moi, une version tordue et débridée, affamée de destruction, de chaos, de liberté sans limites.

Mais plus je lutte, plus il gagne du terrain. Chaque tentative pour l'étouffer, pour le repousser dans l'ombre, semble au contraire le renforcer. C'est comme essayer de retenir de l'eau avec mes mains nues. Il glisse entre mes doigts, envahit chaque recoin de ma conscience, une ombre noire qui engloutit tout sur son passage. Je sens son souffle rauque, son impatience grandissante. Il me murmure des promesses, des vérités dérangeantes, des mensonges séduisants. Il me dit que je serais plus fort, plus libre, si seulement je cessais de résister. Et quelque part, au fond de moi, une voix faible commence à se demander… Et si c'était vrai ?

Je sors de la voiture, l'esprit encore perdu dans les méandres de mes pensées, après avoir erré sans but précis sur la route. Dans la noirceur oppressante de la forêt, mes yeux s'habituent lentement à l'obscurité. Les arbres autour de moi forment des silhouettes menaçantes, des ombres mouvantes sous la pâle lumière des étoiles. Mais soudain, au loin, quelque chose attire mon regard. Une lumière. Faible, vacillante, mais bien réelle. Elle tranche avec l'obscurité, une présence presque irréelle au milieu de ce néant.

Je plisse les yeux pour m'assurer que je ne rêve pas. Non, c'est bien là, une lueur qui semble flotter entre les arbres. Je sens un frisson parcourir ma colonne vertébrale. D'où peut-elle venir ? Une maison ? Une cabane ? Quelqu'un d'autre se trouverait-il ici, dans cette solitude glaciale ?

La voix revient, douce, presque complice. « Va voir. Ça pourrait te libérer. » Je me fige un instant. Est-ce une bonne idée ? Pourtant, mes jambes bougent presque par réflexe, comme si quelque chose d'invisible me poussait. La lumière m'attire, comme un phare dans cette obscurité profonde.

Chaque pas que je fais dans cette direction est lourd, comme si l'air lui-même essayait de m'engloutir. Plus je m'approche, plus cette lumière devient claire, et mon cœur s'emballe.

Alors que je me tiens là, figé entre le feu et le Van, une silhouette se matérialise doucement dans la lueur des flammes. Elle avance lentement, émergeant de l'obscurité comme une ombre qui prend forme. Je plisse les yeux pour mieux voir, et peu à peu, je distingue une femme. Elle tient des bûches dans ses bras, sans se presser, comme si ce rituel lui était familier.

Je l'observe, mon cœur battant fort dans ma poitrine. Elle s'approche du feu, l'air calme, presque sereine. Rien en elle ne semble perturber l'atmosphère étrange qui règne autour de ce campement improvisé. Elle ne m'a pas encore vu, ou du moins, elle ne montre aucun signe de surprise face à ma présence.

Je reste là, immobile, me demandant ce que je fais exactement dans cette situation. C'est sûrement pour alimenter le feu, me dis-je, essayant de calmer mon esprit qui vacille. La voix dans ma tête, cependant, reste silencieuse. Pour la première fois depuis longtemps, je ne l'entends plus. Je suis seul avec cette étrangère et le crépitement du feu qui illumine la nuit. Ma gorge est sèche. Dois-je me manifester ? Ou rester dans l'ombre, à observer ?

Elle m'a vu. Sans une once de surprise, elle me salue d'un simple signe de tête, tout en continuant à disposer les bûches autour du feu. Sa tranquillité me désarçonne un instant. Pas de peur, pas d'hésitation, comme si c'était tout à fait normal de rencontrer un inconnu en pleine forêt, au milieu de la nuit. Je me tiens là, incertain de la suite, mais elle brise le silence de sa voix calme et posée.

— Tu as faim ? me demande-t-elle, en me jetant un coup d'œil par-dessus son épaule. Il n'y a aucun jugement dans ses mots, juste une offre, simple et directe.

Je reste un moment sans répondre, surpris par sa question. Mon estomac gronde légèrement, comme pour répondre à ma place. C'est étrange, mais son attitude a quelque chose d'apaisant. Peut-être est-ce le contraste avec tout ce qui s'est passé plus tôt, peut-être la chaleur du feu ou cette clairière isolée qui semble coupée du monde, mais je me sens presque... en sécurité.

Sans vraiment y réfléchir, je m'entends répondre

— Oui... un peu

D'un geste simple de la main, elle m'invite à m'installer sur un rondin de bois, usé, qui semble lui servir de chaise. Je m'approche du feu, et m'assieds lentement. Elle en tire un autre rondin, juste à côté de moi, puis s'y installe avec la même fluidité. Sans un mot, elle prend une petite marmite et la pose sur les braises rougeoyantes, hypnotiques. Le feu danse, illuminant nos visages d'une lumière vacillante, et je sens la chaleur me réchauffer, malgré le froid de la nuit qui s'infiltre autour de nous.

Le silence est lourd mais étrangement confortable. J'observe la marmite qui commence à fumer doucement, son contenu inconnu mijotant sous la lueur rougeâtre. Ce moment semble irréel, comme une pause hors du temps, loin de mes pensées sombres et de la tourmente qui m'accompagne depuis des jours.

Elle reste silencieuse, concentrée sur sa tâche, mais je sens sa présence à côté de moi. Pas d'angoisse, pas de question sur qui je suis ou pourquoi je suis ici. Juste le crépitement du feu, l'odeur du bois qui brûle et cette marmite qui diffuse une douce chaleur.

Je me surprends à ressentir une certaine paix, un répit inattendu.

— Je... je... Les mots se coincent dans ma gorge. Rien à faire. Je n'arrive pas à sortir un son, paralysé par la vision de cette femme. Déesse d'une nuit obscure, silhouette fluide aux longs cheveux noirs qui tombent en cascade, elle dégage une aura presque surnaturelle. Ses yeux, aussi noirs que la nuit autour de nous, capturent la lumière des flammes, scintillant comme deux braises vivantes.

Je suis figé, comme si son regard me transperçait, me clouait sur place. C'est plus fort que moi : je ne peux ni bouger ni parler. Il y a quelque chose de magnétique chez elle, quelque chose qui me fait vaciller entre fascination et peur.

Le silence entre nous devient pesant, mais elle ne semble pas s'en préoccuper. Ses gestes restent mesurés, gracieux, alors qu'elle remue doucement le contenu de la marmite.

Je voudrais dire quelque chose, n'importe quoi, briser ce moment irréel. Mais tout ce qui me traverse l'esprit, c'est cette présence captivante. Je me demande d'où elle vient, qui elle est.

Voyant mon regard figé sur elle, elle brisa le silence, sa voix douce et apaisante flottant dans l'air froid. Un accent prononcé accompagna ses mots, trahissant ses origines lointaines.

— Je m'appelle Anna. dit-elle simplement, un léger sourire illuminant son visage.

Elle continuait à remuer la marmite, sans précipitation, comme si elle n'était en rien perturbée par ma présence. Puis, d'un geste nonchalant, elle désigna un point dans la direction de la forêt.

— Je suis venue ici pour faire de la plongée dans le lac. Ajouta-t-elle en pointant du doigt un endroit que je n'avais même pas remarqué avant qu'elle ne me l'indique.

Je tournais enfin la tête, brisant le charme qui m'avait figé. Entre les ombres des arbres, à travers un voile de brouillard, j'apercevais une lueur argentée : le reflet du lac, calme et paisible sous la lumière de la lune. Il était là, tout près, et pourtant, jusque-là, je n'avais vu que l'obscurité.

Anna me regarda, son sourire énigmatique toujours présent.

— Tu n'avais pas vu le lac, n'est-ce pas ? dit-elle, comme si elle avait lu dans mes pensées.

Je bafouille un instant, cherchant mes mots, puis décide de faire court.

— Euh… Kevin. Dis-je finalement, ma voix un peu rauque, encore imprégnée par le tourbillon d'émotions de la soirée.

—Je suis… enfin, je travaille en cuisine, dans un resto pas loin d'ici. Rien de spécial.

Une version rapide, superflue de moi, juste assez pour briser la glace sans m'attarder sur les détails qui ne méritent pas d'être partagés.

Anna ne réagit pas tout de suite, se contentant de hocher la tête comme si cette réponse lui suffisait. Elle continua de remuer la marmite, l'odeur douce et épicée des ingrédients cuisant à feu doux envahissant l'air. Le silence s'installa à nouveau, mais il était moins oppressant cette fois, comme si la simple présence de cette femme rendait tout étrangement normal, presque serein.

Je n'ai pas l'habitude de me présenter si brièvement, ni de me sentir aussi à l'aise avec si peu de mots échangés, mais là, ça semblait juste.

Anna me tend une assiette fumante avec un sourire doux et discret. Le parfum épicé qui s'en dégage me fait immédiatement penser à un curry, même si je ne peux en être certain. Je prends l'assiette, encore un peu ébahi par l'étrangeté de la situation et par cette femme à la beauté envoûtante qui, sans la moindre hésitation, m'a accueilli près de son feu.

— Merci. Dis-je enfin, d'une voix un peu plus assurée, mais toujours marquée par la stupeur. Elle se sert une part à son tour et s'installe de nouveau à mes côtés, aussi sereine que si nous nous connaissions depuis toujours.

Le feu crépitait doucement, les flammes projetant des ombres mouvantes sur son visage, ajoutant à cette aura presque irréelle qui l'entourait. J'avais l'impression d'être dans une bulle hors du temps, dans un rêve où tout semblait trop calme, trop parfait pour être vrai.

Je porte la première bouchée à ma bouche. Le goût est incroyablement riche, épicé juste comme il faut, mais c'est la situation qui me coupe vraiment l'appétit. Entre la beauté hypnotique d'Anna et cette atmosphère surnaturelle, je me demande encore si tout cela est réel.

Anna brise à nouveau le silence, comme si elle sentait mon malaise ou ma confusion. Sa voix douce reprend le fil de la conversation, me racontant son parcours de vie, un contraste saisissant avec la mienne. Elle me dit qu'elle n'a jamais été du genre à mener une vie bien rangée.

— Je suis une saltimbanque. Déclare-t-elle, un léger sourire aux lèvres.

— Je me balade au gré de mes envies, dans ce van. Je me pose là où le vent me mène.

Elle désigne le Van d'un mouvement de tête, comme si c'était une extension d'elle-même, une coquille où elle se sent chez elle.

— Le confort n'a jamais été mon truc. Je préfère la liberté, l'imprévu. Un jour ici, un autre là-bas. Aucun plan, juste vivre au rythme de mes désirs.

Je l'écoute, fasciné. Cette femme est l'opposé de tout ce que je connais. Elle incarne tout ce que je n'ai jamais osé être : libre, détachée, indifférente aux attentes de la société. Moi, coincé dans mes routines, mes frustrations, mes responsabilités... elle, fluide, légère, insaisissable.

Son sourire large et franc me prend par surprise. Elle me fixe, attendant patiemment, comme si elle savait que je me cachais derrière ce silence pesant.

— À ton tour, Kevin. Parle-moi de toi.

Je sens une boule se former dans ma gorge. Parler de moi ? Par où commencer ? Ce n'est pas comme si j'avais envie de tout déballer, surtout pas à une inconnue au milieu de nulle part. Mais son sourire, son regard apaisant... il y a quelque chose en elle qui m'incite à me livrer, presque malgré moi.

— Pas grand-chose à dire, tu sais… dis-je d'abord pour gagner du temps.

— Je mène une vie plutôt ordinaire. Une femme, un fils, un boulot. Rien de très excitant. Ma voix est plus amère que je ne le voudrais, et je le sens. Je croise son regard et j'ajoute, plus doucement

— Mais… disons que parfois, c'est comme si cette vie me glissait entre les doigts. Comme si je n'étais plus vraiment là.

Je m'arrête. C'est la première fois que je mets des mots sur ce sentiment. Anna ne dit rien, elle m'écoute, son sourire légèrement atténué, mais toujours bienveillant.

— Et puis… Je respire profondément. Ces derniers temps, c'est comme si quelque chose en moi s'était fissuré. Je n'arrive plus à… Je cherche mes mots, mais c'est inutile.

— À me contenir. À tout contrôler. Je suis en colère tout le temps, et je ne sais même plus pourquoi.

Je m'arrête à nouveau, presque gêné de m'être livré autant. Je baisse les yeux, m'attendant à un jugement, mais elle reste silencieuse, ses yeux noirs toujours posés sur moi, sans une once de reproche.

Je finis par lâcher tout d'un coup. Les mots sortent, comme un torrent que je ne parviens plus à retenir.

— Ma femme veut partir. Elle a rencontré un autre mec, quelqu'un qui l'écoute, qui est là pour elle. Pas comme moi, toujours pris par le boulot, par mes pensées… Ma voix tremble légèrement, mais je continue.

— Elle veut prendre notre fils et s'en aller. M'éloigner de lui, comme si j'étais déjà un étranger dans sa vie.

Je serre les poings sans m'en rendre compte. Le feu crépite, jetant des ombres sur nos visages, mais je ne sens que la chaleur de ma colère.

— Elle m'a balancé ça, comme une bombe. Comme si ce n'était rien, comme si c'était déjà décidé depuis longtemps. Et moi... moi, je me suis retrouvé là, incapable de dire quoi que ce soit. Juste une voix dans ma tête qui me hurlait des choses que je ne préfère même pas répéter.

Je me tourne vers Anna, réalisant que je viens de déverser des mois de frustration et de rage sur une inconnue. Mais elle ne bronche pas, elle me fixe toujours avec ce regard calme, presque compatissant.

— Alors oui, je suis parti. Je suis monté en voiture et j'ai roulé, sans savoir où j'allais, juste pour échapper à tout ça. J'aurais pu exploser là-bas, chez moi, mais je suis parti avant que ça arrive.

Un silence lourd s'installe entre nous. Le feu continue de crépiter, mais c'est comme si le monde entier s'était arrêté

Anna éclate de rire, un son léger et désinvolte qui me prend totalement au dépourvu. Je la regarde, les yeux écarquillés, incapable de comprendre pourquoi elle réagit comme ça. Son rire résonne dans la nuit, et contre toute attente, je sens un sourire se dessiner sur mon visage. Puis, sans même réfléchir, je me mets à rire moi aussi, un rire nerveux au début, puis de plus en plus franc.

C'est absurde, complètement irréel. Là, au milieu de cette forêt, avec cette inconnue et ce feu de camp, je ris de ma propre misère. Et ça fait du bien. Mon ventre se tord de cette hilarité soudaine, une sensation de légèreté que je n'avais pas ressentie depuis... je ne sais même plus combien de temps.

Quand le fou rire finit par s'estomper, je la regarde et souffle

— Pourquoi tu ris comme ça ?

Anna me lance un regard amusé, Les yeux toujours allumés d'un éclat taquin.

— Parce que c'est tellement tragique que ça en devient presque comique. Tu te rends compte à quel point on se prend la tête pour des conneries, des choses qu'on ne peut pas contrôler ?

Je reste silencieux un instant, réfléchissant à ses mots. Et elle a raison. C'est peut-être ça, la clé, arrêter de se prendre tellement au sérieux.

Je dépose mon assiette vide à côté de moi, l'estomac plein et l'esprit encore un peu perdu dans l'étrangeté de cette soirée.

— Merci pour ce repas, vraiment, c'était délicieux, je lui dis, le regard fuyant.

Elle me sourit doucement, un sourire à la fois complice et énigmatique, comme si elle savait ce que je ressentais, sans que j'aie besoin de le dire.

— Je devrais probablement y aller...

Les mots sortent, mais ils me laissent un goût amer. Au fond de moi, je n'ai aucune envie de quitter ce feu, cette forêt, cette bulle intemporelle où tout semble plus simple, plus léger.

Anna me regarde sans un mot, ses yeux sombres capturant la lueur des flammes. Elle semble comprendre, sans que j'aie besoin d'ajouter quoi que ce soit. Et pendant un bref instant, je me demande si elle aussi ressent cette étrange connexion, ce désir de prolonger ce moment, de repousser l'inévitable retour à la réalité.

— Tu sais, Kevin… commence-t-elle doucement,

— Tu n'es pas obligé de partir tout de suite. Parfois, rester un peu plus longtemps là où on se sent bien, ça peut tout changer.

Je la regarde, un instant figé dans ce moment suspendu. Ses mots résonnent encore dans ma tête, mais je ne suis pas sûr de ce qu'ils signifient vraiment. Est-ce une invitation ? Une porte entrouverte vers quelque chose de plus ? Ou simplement une réflexion anodine, lancée comme ça, sans y penser ? Son visage est impassible, difficile à déchiffrer, et ça me laisse dans un étrange mélange d'hésitation et d'envie.

Peu importe, au fond. L'idée de rester, de m'arrêter, même pour un moment, me séduit. C'est une tentation douce, presque dangereuse, parce que je sais que ce genre de pauses finit toujours par coûter cher. Tôt ou tard, il faudra repartir, reprendre la route, retourner à cette errance sans fin qui est devenue ma vie. Mais pour l'instant, juste l'idée de m'ancrer ici, de rester à ses côtés, a quelque chose de rassurant, presque apaisant. Et peut-être que, pour une fois, je peux me permettre de céder à cette tentation.

CHAPITRE 13

Anna se lève lentement, étirant ses bras au-dessus de sa tête, ses longs cheveux noirs glissant sur ses épaules. Elle se tourne vers le lac, le regard pensif, puis me jette un coup d'œil avec un sourire malicieux.

— Ça te dirait de te rafraîchir dans le lac ? Malgré l'heure tardive, l'eau est incroyable la nuit. Regarde, on dirait que les étoiles y plongent aussi.

Je fixe le lac, où les étoiles se reflètent effectivement, créant un miroir naturel qui scintille dans la pénombre. L'idée me paraît à la fois insensée et étrangement tentante. Se baigner, là, en pleine nuit, après cette soirée inattendue...

— Ça te tente ? insiste-t-elle doucement.

Elle semble si à l'aise dans cette nature, si détachée des conventions. Peut-être que c'est ce dont j'ai besoin. Un moment suspendu, loin des tracas quotidiens, loin de cette voix intérieure qui me ronge.

Je la regarde un instant, puis je me surprends à sourire.

— Pourquoi pas…

Je fais quelques pas, suivant Anna jusqu'à cette étendue d'eau silencieuse. Le lac paraît presque irréel, une oasis figée au milieu de nulle part, ses rives bordées par les arbres sombres qui se dressent comme des gardiens silencieux. L'air est frais, la brise légère, et le reflet des étoiles danse sur la surface lisse du lac, comme si le ciel et la terre s'étaient fondus en un seul et même tableau.

Je m'arrête au bord, l'eau glissant doucement sur les pierres plates. L'endroit est paisible, presque irréel, comme s'il appartenait à une autre dimension, loin de tout. Les bruits du monde sont étouffés ici, remplacés par le murmure apaisant de l'eau et le bruissement discret des arbres. Le temps lui-même semble suspendu, comme si rien ne pouvait troubler cette quiétude.

Anna, à mes côtés, reste silencieuse. Mais elle n'a pas besoin de parler. D'un geste simple, elle commence à enlever ses chaussures, ses mouvements fluides et gracieux comme si tout cela faisait partie d'un rituel qu'elle connaît par cœur. Ses pieds touchent les galets froids, et elle me jette un regard, un mélange de défi et de malice, presque joueur. Ce regard me transperce, brisant la tranquillité de l'instant, réveillant quelque chose en moi. Elle avance doucement, laissant l'eau lécher ses orteils, et sans un mot, elle me fait signe de la suivre. L'endroit est paisible, oui, mais dans ses yeux, il y a une promesse de chaos doux, d'un jeu où je n'ai pas encore toutes les règles.

Elle se déshabille devant moi avec une lenteur presque cérémoniale, chaque geste mesuré, sans hâte. Mon regard ne semble pas la gêner, au contraire, elle continue, sereine, détacher, comme si ce moment lui appartenait entièrement. Sa peau blanche, immaculée, contraste vivement avec la noirceur de la nuit qui nous enveloppe. Elle se tient là, nue, son corps à peine éclairé par la lueur du feu lointain et le reflet des étoiles sur l'eau. Ses seins, dissimuler partiellement par ses longs cheveux noirs, ajoutent à l'aura mystérieuse qu'elle dégage.

Je suis figé, incapable de bouger, incapable même de détourner les yeux. Anna, avec ses mouvements fluides et naturels, semble irréelle, comme si elle avait surgi d'un rêve oublié. Chaque geste qu'elle fait est empreint d'une grâce nonchalante, une simplicité qui détonne dans ce monde si brutal et imparfait. Elle est là, devant moi, nus, ses cheveux effleurés par la brise, et pour une raison que je ne comprends pas, l'instant me paraît presque sacré.

Son regard m'accroche, et tout disparaît autour de nous. La rivière, les pierres, même le vent, tout se fond dans une toile floue, tandis qu'elle reste parfaitement nette, vibrante, presque lumineuse. Une muse. C'est ce qu'elle est. Une muse qui semble m'appeler, m'inviter à plonger dans quelque chose de plus profond, de plus troublant. Mais je reste là, figé, pris entre l'envie de m'élancer et cette peur sourde qui chuchote que suivre cette vision pourrait tout changer.

Avec un léger sourire au coin des lèvres, elle entre dans l'eau avec une aisance naturelle. Ses gestes sont doux, comme s'ils faisaient partie du paysage, presque irréels dans cette nuit noire. Elle avance doucement dans l'eau, la surface à peine troublée par son passage. Elle s'éloigne un peu, puis se tourne vers moi, m'invitant silencieusement à la rejoindre d'un geste de la main.

Je suis toujours figé au bord, mes pieds plantés dans l'herbe froide. Je la regarde, tentant de lire dans ses yeux ce qu'elle cherche à dire ou à me montrer.

Avec une certaine appréhension, mes doigts tremblent légèrement alors que je commence à retirer mes vêtements, un à un. Le silence de la nuit n'est troublé que par le froissement du tissu et le crépitement lointain des braises. Je sens son regard sur moi, scrutateur, mais non jugeant, comme si elle m'invitait à rejoindre son monde sans contraintes. Cette étrange sensation de vulnérabilité me parcourt, mais l'aura tranquille d'Anna apaise mes doutes.

Je me retrouve enfin nu, exposé sous ce ciel étoilé. L'air frais caresse ma peau, et je fais un pas vers l'eau, prêt à rejoindre cette nymphe envoûtante. L'étendue miroitante s'étend devant moi, une invitation irrésistible à plonger dans l'inconnu.

L'eau glacée me saisit, mais je m'y plonge sans hésitation. Chaque pas dans cette étendue miroitante semble m'éloigner un peu plus du monde réel, du tumulte de mes pensées. Anna, déjà immergée, m'attend, ses yeux noirs captivant la lumière des étoiles, comme si elle-même faisait partie de ce ciel nocturne. Je me laisse porter par l'eau, m'approchant lentement d'elle, me sentant étrangement apaisé, presque transporté. Les vagues légères caressent ma peau, le froid devient secondaire. Un instant hors du temps, une parenthèse dans ce chaos intérieur.

Je m'approche d'elle doucement, l'eau ondulant autour de nous. Son sourire est doux, serein, presque complice, et ses yeux se tournent vers le ciel étoilé. Un silence s'installe, mais il n'est pas lourd. Au contraire, il est apaisant, comme si tout avait finalement trouvé son équilibre. Pas besoin de mots, pas besoin d'explications. Juste cette sensation de paix, là, nus dans ce lac perdu au milieu de la forêt, sous un ciel infini.

Absorbé par les étoiles, je me perds dans leur éclat. C'est comme si le temps s'était arrêté, figé dans cette nuit éternelle. Puis soudain, un jet d'eau me ramène brusquement à la réalité. Je sursaute, surpris, avant de réaliser que c'est Anna, d'humeur taquine, qui m'a arrosé en éclatant de rire. Un sourire involontaire se dessine sur mes lèvres.

En guise de réponse, je lui renvoie un jet d'eau. Elle pousse un cri de surprise avant que son rire ne fuse, cristallin, léger, contagieux. Cela déclenche une nouvelle série d'éclats, résonnant dans la tranquillité de la nuit comme une mélodie joyeuse, étrangère à cet endroit si paisible. Pour un instant, le monde semble se plier à nous. Plus de regards pesants, plus de jugements, plus de masques à porter. Juste elle et moi, deux âmes complices, abandonnées au jeu.

L'eau tournoie autour de nous, chaque éclaboussure devenant une invitation à oublier. Nous jouons, nous rions, et dans ces éclats, je sens quelque chose de rare, la liberté. Les angoisses du quotidien, les ombres qui m'habitent, tout disparaît, emporté par le clapotis régulier de la rivière.

Soudain, cette envoûtante déesse de la nuit se rapproche encore, ses yeux sombres plongeant dans les miens. Sans un mot, elle pose ses lèvres sur les miennes, avec une douceur déconcertante. Le monde semble s'arrêter autour de nous. Je me laisse submerger par la chaleur de ce baiser inattendu, incapable de la repousser, et pourquoi le voudrais-je ?

Elle se blottit contre moi, son corps chaud contrastant avec l'eau froide qui nous entoure. Chaque contact de sa peau contre la mienne me fait frissonner, non pas à cause de la température, mais à cause de l'intensité du moment. Je sens son souffle calme près de mon cou, et tout semble si paisible, si irréel. Dans cette étreinte silencieuse, loin des tourments de ma vie, je me surprends à apprécier cet instant de répit, comme une pause volée au chaos qui m'entoure.

Elle m'entraîne doucement vers le rivage, ses doigts glissant sur les miens, sans un mot. L'eau s'écoule de nos corps alors que nous sortons du lac, et la fraîcheur de la nuit caresse nos peaux nues. Je la suis, hypnotisé par sa démarche fluide et la tranquillité qui émane d'elle. Tout semble suspendu dans le temps, aucun bruit ne vient troubler ce moment. Sans réfléchir, je me laisse porter par ses gestes, par l'intensité de cette nuit irréelle, où seuls nos désirs semblent avoir une place.

Elle s'allonge, je la rejoins, mon cœur battant encore sous l'effet de l'excitation. L'herbe est fraîche sous mon corps humide, et l'air nocturne porte une légère brise, amplifiant cette sensation de liberté et de détachement de la réalité. Allongé à ses côtés, je la regarde, captiver par sa beauté irréelle, chaque goutte d'eau brillant sur sa peau sous la lumière des étoiles.

Elle me sourit, un sourire énigmatique, et d'un geste doux, elle pose une main sur ma poitrine, traçant des lignes invisibles sur ma peau. Le silence de la nuit enveloppe ce moment, comme si le monde entier n'existait plus, seulement nous deux.

Elle me murmure à l'oreille, me demandant de lui faire l'amour. Mon corps réagit instinctivement. Je sens son souffle chaud contre ma peau, ces mains qui m'explorent, et tout devient flou. Nos corps s'unissent avec une intensité que je n'avais jamais connue, un mélange de passion et de rage contenue. Chaque mouvement est une libération, chaque gémissement, une symphonie qui résonne en moi.

Je la prends, doucement d'abord, puis plus fermement, la passion montant en moi comme un feu que je ne peux éteindre. Ces ongles s'enfoncent dans ma peau, ses lèvres sur mon cou, et je m'abandonne totalement à ce moment, à elle. C'est sauvage, presque violent, mais aussi empreint de tendresse. Un équilibre fragile entre la douceur et une force incontrôlable qui me submerge.

Une fois notre étreinte terminée, je reste allongé à côté d'elle, sentant encore la chaleur de son corps contre le mien. Un silence apaisant nous enveloppe, mais dans ma tête, c'est comme si le chaos s'était dissipé. Pour la première fois depuis longtemps, je me sens bien, véritablement bien. C'est comme si, avec son corps et son âme, elle avait emporté tous mes tourments, mes démons, ces pensées sombres qui m'étouffaient.

Je me sens renaître, comme un homme nouveau. Sous son regard, ce n'est plus le Kevin brisé, hanté par ses propres pensées, qui reste. Je suis libéré, léger. C'est elle, ma muse, qui m'a montré un autre chemin. Plus de colère, plus de violence intérieure. Juste cette étrange sérénité qui m'envahit, là, sous ce ciel étoilé.

D'une voix douce, presque envoûtante, elle me murmure

— Tu as bien fait d'écouter ta voix intérieure, celle qui t'a guidé jusqu'à moi. Je t'attendais depuis longtemps déjà.

Ses paroles me percutent comme une révélation, alors qu'elle poursuit avec une assurance tranquille

— Ton monde va changer. Ce que tu étais, ce que tu croyais être, tout ça va se transformer.

Je la regarde, encore sous le charme de notre étreinte, mais cette fois, c'est son regard perçant qui me captive. Comment pouvait-elle savoir tout ça ? Chaque mot qu'elle prononce semble lourd de sens, comme si elle connaissait déjà ce qui m'attendait, comme si elle savait que cette nuit marquerait le début d'une autre vie, d'une autre réalité.

Elle me regarde avec une intensité troublante et dit

— C'est seulement quand on s'abandonne à sa voix intérieure, à cette personne que l'on est vraiment, pas celle que l'on joue pour la société, qu'on peut rencontrer sa véritable âme sœur.

Ses mots résonnent en moi comme une vérité profonde, une clé que je n'avais jamais su où chercher.

— Tu as passé trop de temps à étouffer cette voix, à la fuir, poursuit-elle doucement, mais ce soir, tu l'as écoutée, et c'est pour ça que tu es ici, avec moi.

Elle sourit, un sourire serein, presque mystique.

— Quand on se libère des masques, c'est là que l'on trouve enfin qui on est, et avec qui on est vraiment censé être.

Je sens un frisson parcourir mon corps. Ses paroles touchent des endroits de mon âme que je n'avais jamais explorés, des parties de moi que j'avais oubliées ou que j'avais choisi d'ignorer.

Je la regarde, perdu, et je murmure

— J'ai passé tellement de temps avec ce masque... À jouer le rôle, à faire semblant, que je ne sais même plus qui est le vrai moi.

Elle sourit doucement, posant sa main sur mon bras, comme pour me rassurer.

— C'est normal, dit-elle. On s'habitue à porter ce masque, à croire que c'est notre vraie nature. Mais ce soir, tu as commencé à le retirer. Petit à petit, tu découvriras qui tu es vraiment, sans toutes ces attentes extérieures qui te pèsent.

Ses mots résonnent profondément. Depuis combien de temps est-ce que je cache mes pensées, mes véritables sentiments ? Combien de fois ai-je joué un rôle pour éviter le jugement, pour me conformer à ce que l'on attendait de moi ?

Ces mots, dits avec une douceur presque hypnotique, m'enveloppent. Elle me regarde, les yeux noirs et profonds, comme si elle voyait au plus profond de mon âme.

— Tout le monde a une voix enfouie au fond de lui, Kevin. Mais elle est toujours étouffée par la peur, par les règles imposées par la société. Avec moi, tu peux tout laisser aller, peu importe tes désirs, même les plus sombres. Je suis là, à tes côtés.

Son regard, intense et rassurant à la fois, me donne une étrange sensation de liberté, un frisson d'excitation et d'angoisse à la fois.

— Tu n'as plus besoin de porter ce fardeau tout seul. Libère-toi, Kevin.

Ces paroles trouvent un écho profond en moi. Comme si elles touchaient une corde que je n'avais pas osé faire vibrer depuis des années. Depuis si longtemps, j'étouffe mes pensées, mes instincts, pour être celui qu'on attend. Mais avec elle, ici, sous les étoiles, dans cette bulle coupée du monde, tout semble possible.

— Ton âme est noire, sombre, murmure-t-elle, un sourire mystérieux aux lèvres. Mais ne t'inquiète pas, Kevin, je l'ai su dès le premier regard.

Elle passe ses doigts délicats sur mon torse, traçant des lignes invisibles qui semblent réveiller quelque chose en moi.

— Ta voix intérieure te dicte de tuer, de massacrer, de brûler... Elle veut semer le chaos.

Sa voix est douce, presque caressante, comme si elle me confiait un secret que personne d'autre ne pouvait comprendre.

— Et je suis là pour t'aider à l'écouter, à accepter ce que tu es vraiment.

Son regard se pose sur moi avec une intensité troublante.

— Le monde te rejette, te brise sous ses règles absurdes. Mais ici, avec moi, tu n'as plus besoin de te cacher. Tu peux laisser cette voix guider chacun de tes gestes.

Je sens une vague de chaleur monter en moi, mélange d'appréhension et de tentation. Une part de moi veut résister, l'autre se laisse doucement emporter par ses mots.

Avec un dernier baiser, ses lèvres pressées contre les miennes, quelque chose en moi se brise. C'est comme si toutes les dernières barrières de résistance, les dernières parcelles de contrôle que je m'étais obstiné à maintenir, s'effondraient. Il ne reste plus rien de l'homme que j'étais. Plus de masque. Plus de compromis. Je cède totalement, comme emporté dans un tourbillon où mes pensées sombres et mes désirs refoulés prennent enfin vie.

Le monde autour de moi disparaît, ne laissant place qu'à cette nouvelle réalité, brutale et enivrante. Plus de résistance, seulement l'abandon complet à ce que je suis vraiment.

Je reste silencieux un moment, mes pensées tourbillonnent. Affronter le monde sans masque, c'est un concept qui m'aurait terrifié il y a encore quelques jours. Mais maintenant... il y a une part de moi, une part obscure, qui brûle d'envie de dire oui. Cette voix, ma voix intérieure, me murmure que c'est le chemin à suivre.

Je la regarde, cette femme qui a tout vu de moi et qui ne détourne pas le regard.

— Oui, je finis par répondre, ma voix plus assurée que jamais. Je suis prêt.

Je la regarde s'éloigner, légèrement intrigué et impatient à la fois. Mon esprit est encore embrouillé par tout ce qui vient de se passer. J'ai dit oui, je suis prêt à affronter le monde sans masque, à libérer cette partie de moi que j'ai toujours cachée.

Je la vois disparaître dans l'ombre autour du feu, me laissant seul avec mes pensées et cette étrange sensation de légèreté. Mon cœur bat plus fort, mais pas de peur, cette fois-ci... plutôt d'excitation. Je ne sais pas ce qu'elle prépare, mais quelque chose me dit que cette « surprise » pourrait bien sceller mon nouveau destin.

Anna émerge lentement de l'arrière du van, sa silhouette se découpant contre la lueur vacillante du feu. Elle tient la main d'une autre femme, une vision troublante dans la nuit. Cette femme est également nue, mais elle a les bras attachés et les yeux bandés, son corps semble lourd et inerte. Ses jambes fléchissent légèrement sous son propre poids, comme si elle peinait à se tenir debout. Je reste figé, abasourdi par ce que je vois. La femme nue, aux yeux bandés, se laisse tomber à mes pieds, incapable de réagir, comme si elle était inconsciente de la réalité qui l'entoure. Mon cœur bat à tout rompre, le mélange d'excitation et d'effroi me submerge.

Anna ma muse, me regarde intensément, ses yeux noirs reflétant la lueur des flammes. Elle sourit, un sourire énigmatique, presque pervers.

— C'est ton moment, Kevin, murmure-t-elle doucement. Laisse ta vraie nature s'exprimer, c'est ton offrande, ton passage vers ta véritable liberté.

CHAPITRE 14

Je sens la tension monter en moi. Je fixe Anna, cherchant un signe, une direction, bien que je sache au fond de moi ce que je veux faire. Chaque fibre de mon être tremble d'excitation. La rage, cette vieille compagne, commence à monter, bouillonnant dans mes veines. Mon regard glisse vers la femme à mes pieds, vulnérable, offerte. Mes poings se serrent, ma respiration s'accélère, et pourtant, je garde le contrôle... juste assez pour attendre un mot, un geste d'Anna.

Elle me fixe, ses yeux ancrés dans les miens, silencieuse, un léger sourire flotte sur ses lèvres, énigmatique, presque défiant., comme si elle pouvait lire en moi, m'encourageant à céder.

Anna incline légèrement la tête, un geste subtil mais lourd de sens, son regard glissant sur les objets éparpillés autour de nous. Un tuyau rouillé, un morceau de bois brisé, une chaîne abandonnée… des reliques d'un passé industriel oublié, transformées en reliques de notre présent étrange. Je comprends aussitôt ce qu'elle veut. Pas besoin de mots. Elle m'invite à jouer, à participer à ce rituel qu'elle orchestre en silence. C'est comme un jeu, un test. Une macabre sélection où je dois choisir l'instrument de la « libération ».

Mon souffle s'accélère alors que je scrute les objets, chacun d'eux portant en lui une promesse sinistre. Je sens le poids de son regard sur moi, une chaleur presque palpable, mêlée d'attente et d'impatience. Mon esprit vacille. Ce n'est qu'un choix, murmure une voix au fond de moi. Juste un choix parmi tant d'autres. Mais ce n'est pas vrai. Ce choix-là, je le sais, va tout changer. Mes doigts hésitent, effleurent la chaîne froide et lourde, puis glissent sur le morceau de bois brut. Je la regarde une dernière fois, cherchant un signe, une validation, et son sourire s'élargit. Une invitation muette, un encouragement morbide. C'est mon tour de jouer.

Anna observe, patiente, sans dire un mot, mais son silence en dit long. C'est à moi de décider, à moi de franchir cette dernière étape. Un éclair de lucidité traverse mon esprit. Une question me frappe de plein fouet : qu'est-ce que je suis en train de faire ? Si je tue cette femme, ma vie est finie. J'hésite, le doute s'installe. Mais rapidement, une force irrésistible, comme un envoûtement, prends le contrôle de mon corps. Mes mains tremblent un instant, puis se tendent, presque par réflexe. Sans vraiment réfléchir, je me baisse, et mes doigts se referme autour du manche d'un couteau, froid et lourd dans ma main.

La chaleur monte en moi, comme une vague brûlante. Est-ce de l'excitation ? Un sentiment de puissance absolue m'envahit, invincible avec cette lame entre mes doigts. Anna reste silencieuse, ses yeux fixés sur moi, impassible. Elle s'assoit devant la femme agenouillée, ses jambes écartées, et commence à se caresser, lentement. Son regard ne me lâche pas, un message silencieux, une invitation déguisée. Elle veut que je passe à l'acte, elle a envie de moi...

Et soudain, un tourbillon d'émotions sombres m'envahit, m'arrachant à l'instant présent. C'est comme une tempête brutale, impossible à stopper. Des images défilent dans ma tête, des fragments de vie, des éclats de souvenirs qui se heurtent et se bousculent. Mon travail, ce lieu stérile et déshumanisant, où les visages que je croise chaque jour ne sont que des masques insipides. Tous ces gens, leurs voix monotones, leurs exigences absurdes... ils m'insupportent. Je sens monter une rage sourde, une colère que j'ai trop longtemps contenue.

Puis elle surgit. Ma femme. Son visage, ses mots, résonnant encore, aussi clairs que s'ils venaient d'être prononcés. « Je pars avec lui et je prends notre fils avec moi ». Ces phrases tournent en boucle dans mon esprit, m'écrasant sous leur poids. L'annonce de son départ, la froideur avec laquelle elle m'a balayé de sa vie, tout cela s'enchaîne, se tord, se mêle à ce moment présent. C'est trop. Une fissure s'ouvre en moi, profonde, béante. Le tourbillon m'entraîne, et je sens que je suis au bord de quelque chose, un point de rupture d'où je ne reviendrai pas.

Et sans réfléchir, je plante la lame dans le ventre de cette femme offerte en sacrifice. La violence du geste me surprend. Il n'y a presque aucune résistance alors que l'acier s'enfonce dans sa chair. Le sang jaillit, me recouvre, une chaleur poisseuse. Ses hurlements étouffés par le bâillon résonnent dans la nuit, un écho qui se mélange à la montée de cette rage, cette excitation incontrôlable.

Je répète le geste, encore et encore, la lame s'enfonçant dans la chair à chaque coup. Les hurlements cessent, remplacés par le silence. Le sang me couvre, poisseux, imprégnant mes vêtements, mes mains. Je suis submergé par une étrange euphorie, une sensation de puissance absolue.

À côté, ma muse, Anna, se tient là, gémissant doucement, un son rauque et envoûtant qui résonne dans l'air lourd. Ses yeux, deux braises incandescentes, brillent d'un désir brut, sauvage, qui me transperce et me pousse au bord de mes propres limites. Elle est excitée par la scène, par ce chaos qui vient de se déchaîner, et je peux sentir la tension vibrer autour d'elle, un écho à la folie qui gronde en moi. Ses lèvres esquissent un sourire, mi-provocateur, mi-suppliant, tandis qu'elle tend une main vers moi, m'invitant à la prendre sans retenue, dans cette folie sauvage qui nous consume.

Mon corps réagit avec une intensité qui me surprend, une érection douloureusement forte, encore marqué par le sang.

Je sens une énergie brute m'envahir, une fureur incontrôlable. Jamais je n'avais ressenti une telle sauvagerie. Nos corps, recouvert de sang, se mêle dans une danse animale. Je la prends sans la moindre retenue, avec une force et une bestialité que je ne connaissais pas. A chaque coup de rein, je sens ses gémissements s'amplifier et chaque mouvement semble alimenter son plaisir, renforçant cette sensation d'invincibilité qui brûle en moi.

— Je réalise tous tes désirs, Kevin, je suis là pour toi. Fais de moi ce que tu veux.

Anna, allongée devant moi, me donne le pouvoir ultime. Plus aucune barrière, plus de retenue. Mon esprit, désormais libre de toute contrainte, s'abandonne à ces pulsions qui me guidaient depuis si longtemps. Je sens cette voix en moi, celle que j'avais toujours refoulée, se manifester pleinement. C'est elle, ma muse, mon envoûtement, et je comprends maintenant que tout ce qui m'a mené ici, à cet instant, était inévitable.

Une fois nos ébats terminés, épuisés mais satisfaits, nous retournons au lac. L'eau fraîche semble nettoyer bien plus que nos corps, elle purifie mon esprit, efface les traces de sang et les preuves de ce que je viens de faire. Anna plonge la première, se rinçant en silence, tandis que je m'avance à mon tour, sentant la lourdeur du crime se dissiper avec chaque goutte. Le calme de la nuit revient, mais en moi, quelque chose a définitivement changé.

Épuisé par la tempête d'émotions et d'actions, je me laisse tomber dans l'herbe. Les flammes dansent devant moi, projetant une chaleur réconfortante sur mon corps fatigué. À côté de moi, le cadavre inerte de cette inconnue repose, témoin silencieux de ce que je viens de faire. Je suis partagé entre la satisfaction et l'horreur de mes actes. Le monde semble suspendu, et je reste là, immobile, entre la chaleur du feu et le froid de la mort, sentant le poids de la réalité m'envelopper doucement.

Peu à peu, mes paupières deviennent lourdes, comme si un voile doux et apaisant s'abattait sur moi. Le crépitement des flammes, régulier et hypnotique, se mêle à la fraîcheur de la nuit qui caresse ma peau. Chaque souffle de vent apporte une sérénité fragile, contrastant avec le chaos intérieur qui gronde encore faiblement. Mon corps s'enfonce dans l'herbe fraîche, les brins humides épousant la courbe de mes membres. Mes muscles se relâchent un à un, abandonnant la tension accumulée, cédant à cet appel irrésistible du repos.

Je sens le sommeil m'envahir, une force douce mais implacable. Mes pensées, si vives il y a un instant, se brouillent, deviennent floues, comme des peintures diluées sous la pluie. Une étrange torpeur m'emporte, et je m'abandonne, glissant lentement dans un monde indistinct, entre rêve et cauchemar. Les derniers échos de la réalité se mêlent à des visions fugaces, des ombres qui dansent, des murmures incompréhensibles. Là, dans cet état flottant, ni tout à fait éveillé, ni complètement endormi, je dérive, prisonnier volontaire d'un univers qui m'engloutit doucement.

CHAPITRE 15

La fraîcheur de la rosée matinale me tire de mon sommeil. Je me redresse doucement, le corps engourdi. Le soleil commence à percer à travers les arbres, et pendant un instant, je ne sais plus où je suis. La scène devant moi est un mélange troublant entre la réalité et le cauchemar de la nuit passée. Le corps sans vie gît là, figé, tandis que la tranquillité de la forêt semble ignorer l'horreur qui s'est déroulée. Tout paraît si irréel, comme si tout cela n'avait été qu'un rêve. Mais le sang séché sur le sol me rappelle que rien de tout cela n'est un rêve.

Mon souffle devient court, ma poitrine se serre, et mes mains commencent à trembler violemment. Une crise de panique me submerge.

« Mais qu'est-ce que j'ai fait ? » Je me répète cette question, cherchant désespérément une échappatoire à cette réalité insupportable. Le corps, le sang, les images de la nuit refont surface, me frappant de plein fouet. Je cherche une explication, une justification à ce qui s'est passé, mais rien ne vient. C'est comme si tout s'effondrait autour de moi, et je n'arrive plus à reprendre le contrôle.

Mais comme par magie, je sens une main douce se poser sur mon épaule. Anna m'enlace par derrière, ses bras fins m'enveloppant. Son souffle chaud sur ma nuque m'apaise presque instantanément.

— Tout va bien aller, Kevin, murmure-t-elle, sa voix douce comme un baume sur mes pensées tourmentées.

À cet instant, tout semble flou, et son contact parvient à dissiper mon anxiété, à effacer ce que je viens de faire. Sous son emprise, mes peurs s'effacent, et je m'abandonne à cette étrange certitude qu'Anna est là pour me guider, quoi qu'il arrive.

Anna me murmure doucement à l'oreille

— Il y a de l'essence dans le Van. Tu n'as qu'à la verser partout et tout brûler... Ou, si tu préfères être plus discret, on peut mettre le corps dans le Van et l'envoyer au fond du lac.

Sa voix est calme, comme si elle me proposait une simple solution à un problème quotidien. Mon cœur bat la chamade, mon esprit tourbillonne. Brûler tout ça ? Envoyer tout au fond du lac ? Les options semblent si simples, si accessibles. Je sens son souffle contre ma peau, et chaque mot qu'elle prononce me paraît de plus en plus logique, inévitable.

Je respire profondément, cherchant à calmer le chaos dans ma tête. La deuxième option me paraît plus logique, plus discrète. J'acquiesce doucement, et Anna, toujours aussi calme, se lève pour préparer le Van. Je me lève à mon tour, mes jambes tremblantes sous l'effet du choc, et nous commençons à traîner le corps vers le véhicule. Il est lourd, mais Anna ne montre aucun signe de difficulté, comme si elle avait déjà fait ça des dizaines de fois.

Je me répète que tout ira bien. Je murmure ces mots comme un mantra, une prière désespérée pour me convaincre que c'est la vérité. Une fois le van au fond du lac, tout cela disparaîtra. Les souvenirs, les traces, les doutes... tout sera englouti, emporté par l'eau noire et glaciale. Ce lac deviendra une tombe silencieuse pour cette nuit étrange, un cercueil liquide qui gardera à jamais ses secrets.

Mes mains tremblent légèrement sur le volant, mais je me force à les serrer, à rester concentré. Pas de place pour les hésitations, pas maintenant. Les pneus crissent légèrement sur les cailloux au bord de l'eau. Je prends une grande inspiration, tentant de chasser l'image des flammes, des regards, des éclats de rire qui résonnent encore dans ma tête. Une fois que ce van aura disparu sous la surface, tout cela n'aura plus d'importance. Ce sera comme si cette nuit n'avait jamais existé. Ou, du moins, c'est ce que je m'efforce de croire.

Tout est fini, tout a disparu dans les profondeurs du lac. Pourtant, malgré la disparition des preuves, une étrange sensation persiste en moi. Je suis libéré, mais pas complètement. Anna, toujours aussi sereine, me regarde avec son sourire mystérieux.

— Et maintenant ? me demande-t-elle doucement, comme si elle connaissait déjà la réponse.

Je réfléchis un instant, cherchant désespérément un point d'ancrage, un semblant de normalité auquel me raccrocher. Mais au fond, je sais que c'est vain. Rien ne sera plus jamais pareil. Cette nuit, ces événements, ce que j'ai fait... tout a fissuré quelque chose en moi, quelque chose que je ne pourrai plus jamais réparer. Je pourrais rentrer chez moi, me forcer à reprendre cette vie d'avant, prétendre que rien ne s'est passé. Jouer encore le jeu, remettre ce masque usé et fissuré, sourire aux visages familiers comme si je n'avais pas changé. Mais ce serait un mensonge. Une farce.

Ou alors... Je pourrais accepter cette nouvelle réalité. Celle où je ne porte plus de masque, où je ne cherche plus à me cacher. Cette version de moi, brute, sans filtre, libérée des chaînes du quotidien et des attentes des autres. C'est effrayant, oui, mais étrangement tentant. Une part de moi y voit une vérité que je n'avais jamais osé regarder en face. Peut-être que cette fracture en moi n'est pas une perte. Peut-être que c'est une renaissance. Mais suis-je prêt à vivre avec ce que cela implique ?

Anna s'approche et me murmure

— Le monde est à toi, Kevin. Qu'est-ce que tu veux vraiment faire maintenant ?

Je reste silencieux. Qu'est-ce que je veux vraiment ?

Je marche d'un pas décidé vers ma voiture, Anna à mes côtés, silencieuse. L'air est lourd de tout ce qui vient de se passer, mais étrangement, je me sens plus léger. Plus rien ne me retient ici. Ma famille m'a abandonné, mais qu'importe. J'ai Anna maintenant. Ma voiture est garée un peu plus loin, sur le bas-côté de la forêt. C'est tout ce qu'il me reste, tout ce dont j'ai besoin.

Je monte à l'intérieur, Anna prend place à côté de moi sans dire un mot. Juste sa présence me calme, me rassure. Je tourne la clé dans le contact, et le moteur gronde doucement. Une sorte de promesse de liberté, de pouvoir. Je jette un dernier regard à cette forêt sombre, à ce lieu de transformation, puis j'enfonce l'accélérateur.

La route défile devant moi, les arbres dévorés par la vitesse. Mes pensées tournent en boucle, entre la violence de la nuit et cette étrange sensation de paix qui m'envahit. Anna est là, toujours, immobile mais présente, comme une ombre bienveillante.

Je n'ai plus de comptes à rendre. Plus d'attaches. Juste cette route infinie devant moi, et ELLE.

Après des heures à rouler sans but précis, je commence à sentir la faim me tordre l'estomac. Un fast-food apparaît au loin, ses néons criards perçant la brume comme une invitation à la réalité. Je jette un coup d'œil à Anna, qui me regarde en silence, et lui propose d'aller prendre de quoi manger au drive. Elle acquiesce d'un léger mouvement de tête, toujours aussi calme.

Nous roulons jusqu'à la borne, je commande rapidement. Une fois notre repas récupéré, je trouve un petit parking isolé. Parfait. Je coupe le moteur et m'installe pour manger. Anna s'étire doucement, puis me rejoint. Le silence entre nous n'a rien de gênant, c'est presque apaisant.

Alors que je dévore mon burger, je réfléchis. Organiser mon voyage, trouver où aller, comment commencer cette nouvelle vie, loin de tout. Anna est là, une constante désormais. Elle me soutiendra, c'est tout ce dont j'ai besoin. Je laisse mes pensées vagabonder.

Mes économies ne vont pas nous permettre d'aller bien loin, me dis-je en mordant distraitement dans mon sandwich. Le goût fade du pain et de la viande ne m'apporte aucun réconfort. C'est ridicule, mais me voilà déjà en train de penser à l'argent, à cette fichue survie, comme si la seule chose qui comptait était de boucler les fins de mois. C'est presque risible, quand on y pense. Tout ce que j'ai vécu, tout ce que j'ai fait, et voilà que ma première préoccupation est de savoir combien de temps je peux tenir avant de devoir trouver un autre job.

Je me sens pathétique. Un produit parfait de cette société que je méprise. Formaté, calibré, conditionné pour être ce travailleur docile, ce bon petit soldat du capitalisme, l'exemple parfait du mouton qui suit le troupeau sans poser de questions. Même en ayant brisé tant de règles, en m'étant affranchi des attentes, il reste en moi cette angoisse sourde, ce réflexe de penser comme « ils » voudraient que je pense. Et ça me ronge. Parce que je sais que je suis capable de plus. Que cette survie médiocre n'est qu'une illusion, une cage dorée. Mais alors, qu'est-ce que je fais ici, à me soucier de comptes en banque, de budget, de tout ce système que je déteste ? Peut-être que je ne suis pas aussi libre que je le croyais.

Je lance un regard furtif à Anna. Elle, elle semble tellement détachée de tout ça. Elle n'a pas ces chaînes qui m'entravent, ce fardeau de responsabilité et d'obligations. Avec elle, je pourrais m'évader, me libérer de tout ce poids... Mais comment ?

— Tu penses à l'argent, Kevin ?

Sa question tombe comme une évidence. Elle a encore une fois lu dans mes pensées, et ça ne m'étonne même plus. Je soupire avant de lui répondre.

— Oui...

Elle ne dit rien pendant un moment, puis, d'une simplicité déconcertante, elle me regarde avec ce sourire énigmatique.

— Il y en a partout, tu n'as qu'à te servir.

Ses mots résonnent étrangement en moi. Cette logique, si directe, me heurte d'abord, mais une part de moi... commence à l'accepter.

Je souris malgré moi.

— Avec toi, tout semble tellement facile...

Elle me rend mon sourire, presque complice, comme si elle savait exactement où tout cela nous mènerait.

— Parce que ça l'est, Kevin. La vie est simple quand on arrête de se battre contre ce qu'on veut vraiment.

Je la regarde, réalisant peu à peu que, depuis qu'elle est entrée dans ma vie, les barrières que je m'étais imposées ont commencé à s'effriter.

— Mais il y a des lois, on va se retrouver pris au piège rapidement si on fait n'importe quoi...

Elle me fixe intensément, un sourire malicieux sur les lèvres.

— Ah bon, vraiment ? De toute façon, Kevin, tu as déjà franchi cette loi dont tu parles hier soir. Je te rappelle que tu n'es plus le même homme. Tu es libre maintenant.

Ses paroles résonnent en moi. Elle a raison, je le sais. Hier soir, quelque chose a changé en moi.

— Tu veux vraiment retrouver ta vie, Kevin ? Celle où on te marche dessus à cause d'un problème d'argent et de cette peur de la loi ? Ces lois dont tu parles... ce ne sont que des textes pour contrôler les gens, pour les rendre tous comme toi avant. Dociles.

Ses mots s'infiltrent en moi comme un poison. Elle voit clair en moi, elle comprend ce que je ressens. Ce n'est pas seulement l'argent ou la loi qui me retiennent... c'est cette peur, ce poids de la société qui m'a toujours dicté quoi faire, comment être.

Anna continue, sans me lâcher du regard

— Ces règles ne s'appliquent pas à toi. Pas maintenant. Pas après ce que tu es devenu.

Je sens une montée d'adrénaline.

Elle me regarde avec ce sourire énigmatique, celui qui semble contenir des milliers de secrets que je ne comprendrai jamais. Un mélange troublant de douceur et de malice, comme si elle jouait un jeu dont elle seule connaît les règles. Elle s'approche lentement, son regard captivant verrouillé sur le mien, et je sens mon souffle se suspendre. Ses doigts effleurent ma joue, un contact léger, presque irréel, mais chargé d'une intensité qui fait frissonner ma peau.

— Tu penses trop, murmure-t-elle, sa voix douce mais teintée d'une ironie amusée.

— Toujours à chercher des réponses, à t'inquiéter de ce qui va arriver. Tu sais, parfois, il faut juste... lâcher prise.

Son sourire s'élargit, et elle retire doucement sa main, laissant derrière elle une sensation presque brûlante.

— Laisse le monde courir après ses problèmes. Nous, on a mieux à faire.

Ses mots flottent dans l'air, légers mais puissants, et je me rends compte qu'elle a raison. Mais est-ce que je suis prêt à la suivre, à lâcher prise comme elle le fait si naturellement ? Je n'en suis pas sûr. Et pourtant, je sens que ma réponse importe peu. Elle connaît déjà ma décision.

— Moi ? Je veux simplement être libre, Kevin. Libre de faire ce qui me plaît, quand ça me plaît. De ne plus être prisonnière des attentes, des regards, des règles absurdes. Et toi aussi, tu veux ça, non ? On peut tout avoir... si on ose.

Ses yeux brillent d'une intensité presque hypnotique. Elle se redresse, le regard fixé au loin.

— Je n'ai pas de plan précis, je n'ai pas besoin de ça. Je suis ici pour te guider, te montrer que la vie n'a pas besoin de limites. On peut rouler jusqu'au bout du monde, ou simplement s'arrêter là, et se servir de ce qu'on trouve. L'argent, les gens... tout est à portée de main, si tu veux vraiment tout, Kevin.

Je me tourne vers elle, un peu gêné par ce que je ressens, mais je me sens obligé de le dire. D'une voix basse, presque murmurée, je laisse échapper :

— Hier soir... grâce à toi, je me suis senti libre. Pour la première fois depuis... longtemps. Je ne sais même pas comment te remercier pour ça.

Anna me regarde avec ses yeux profonds, un léger sourire aux lèvres. Elle s'approche de moi et, sans un mot, pose doucement sa main sur mon torse, là où mon cœur bat encore fort de la nuit passée.

— Tu n'as pas besoin de me remercier, Kevin. Tu t'es simplement libéré de tes chaînes. Et ce n'est que le début...

— Ce n'est que le début ? je répète, presque sans m'en rendre compte.

Ces mots résonnent en moi, faisant écho à cette voix intérieure que j'ai toujours tenté de noyer sous des années de compromis et de silence.

— Oui, Kevin, dit-elle en caressant doucement mon bras, son sourire toujours aussi énigmatique.

— Tu n'es qu'à la surface de ce que tu peux être. Tout ce dont tu as besoin, c'est de t'abandonner complètement... de laisser cette voix intérieure te guider. Elle sait déjà ce que tu veux.

Elle marque une pause, son regard se faisant plus intense.

— Tu veux de l'argent ? Du pouvoir ? Du chaos ? Tout est à portée de main. Mais tu dois d'abord choisir de rompre définitivement avec le Kevin que tu étais. Celui qui avait peur, qui se conformait. Ce Kevin-là ne peut pas survivre dans ce nouveau monde que tu es en train de créer.

Je la regarde, le cœur battant la chamade. Elle a raison. Une partie de moi n'a jamais voulu revenir à cette vie fade. Pourtant, l'idée de tout abandonner m'effraie encore.

— Qu'est-ce que tu proposes, Anna ? je lui demande finalement, la voix tremblante mais curieuse.

Anna me regarde avec un sourire en coin, presque complice. Elle sait que je suis en train de céder, que je suis déjà en train de planifier ce qui vient ensuite, comme un pion sur un échiquier qu'elle manipule habilement.

— Tu as raison, dit-elle en prenant la carte GPS sur son téléphone. Il y a un endroit pas très loin d'ici. Une vieille maison abandonnée, juste au bord d'une forêt. Pas d'âmes autour pour nous déranger.

Je hoche la tête, l'idée me plaît. Loin de tout. Loin du monde et de ses règles étouffantes. Je me sens étrangement excité par la perspective de cet isolement, de cette solitude partagée avec Anna. Peut-être que c'est ça dont j'ai toujours eu besoin, un endroit où je pourrais me reconstruire... ou me détruire.

CHAPITRE 16

Nous prenons la route, en silence, juste les bruits du moteur et la sensation d'une anticipation grandissante. J'essaie de ne pas penser à ce que nous avons fait la veille, ni à ce que ça signifie pour le reste de ma vie. Peut-être que c'est ça, la liberté. Ne plus réfléchir, juste agir, guidé par quelque chose de plus fort que moi.

Après une vingtaine de minutes, nous tournons sur un chemin de terre bordé d'arbres, menant vers cette vieille bâtisse. On dirait qu'elle a été laissée à l'abandon depuis des décennies. Les murs sont fissurés, envahis par des plantes grimpantes. L'endroit est parfait, loin des regards, perdu dans le temps.

— Voilà, murmure Anna en se tournant vers moi. Ici, personne ne viendra nous chercher.

Elle descend de la voiture, ses mouvements fluides et assurés, comme si elle avait déjà tout planifié. Je la suis, mes pieds touchant le sol avec une étrange légèreté, mes yeux scrutant les alentours. Le calme qui règne ici est presque oppressant. Pas un bruit, à part le léger bruissement des arbres sous le souffle du vent. Un endroit tranquille, isolé, sans témoins. Exactement ce que je voulais.

Je m'arrête un instant, prenant une profonde inspiration. L'air est frais, chargé d'une odeur de terre humide. Le genre de silence qui absorbe tout, même les doutes. Elle avance devant moi, ses pas ne laissant presque aucune trace, et je sens cette tension grandir dans ma poitrine. Ce lieu, ce moment, tout semble parfaitement orchestré, comme si tout cela n'attendait que nous.

— Qu'est-ce qu'on va faire ici ? je demande, même si au fond de moi, je connais déjà la réponse.

Anna me sourit, un sourire plein de promesses sombres.

— On va se reposer, se préparer. Et après, on verra où le vent nous mène.

Je la regarde, je comprends que tout cela va bien au-delà de l'endroit où nous sommes. Ce lieu, cette tranquillité trompeuse, ce n'est qu'un décor, une simple étape sur un chemin beaucoup plus sombre, beaucoup plus vaste. Une étape vers quelque chose de bien plus grand. Et bien plus dangereux.

Son regard croise le mien, et dans ses yeux, je vois cette certitude inébranlable. Elle sait exactement ce qu'elle fait, où elle va, et pourquoi je suis là. Moi, je ne suis qu'un fragment d'un puzzle qu'elle semble assembler avec une précision effrayante. Ce n'est plus seulement une décision que j'ai prise ou un moment que je contrôle. C'est un engrenage dans une mécanique que je ne maîtrise pas entièrement. Et pourtant, je ne peux pas détourner les yeux. Je suis déjà trop loin pour faire demi-tour, et quelque chose dans son aura, dans sa façon d'être, me pousse à continuer,

Les jours se sont enchaînés sans que je puisse vraiment dire combien de temps s'était écoulé. Peut-être une semaine, peut-être un mois. La notion du temps avait perdu tout son sens ici, dans cette vieille maison au bord de la forêt, coupée du monde et de ses préoccupations futiles. Nous vivions simplement, comme des fugitifs, avec les économies que j'avais encore en poche. La routine était devenue étrangement apaisante.

Anna, toujours pleine de ressources, semblait parfaitement à l'aise avec cette vie en marge. Elle trouvait de quoi nous nourrir, me poussant à me détendre, à lâcher prise. Le monde extérieur n'existait plus pour nous. C'était juste elle et moi, vivant dans cette bulle de liberté autoproclamée.

Le matin, on se réveillait avec les premiers rayons du soleil perçant à travers les fenêtres poussiéreuses. Elle se levait souvent avant moi, profitant du silence pour aller marcher dans la forêt. Moi, je restais là, à contempler le plafond fissuré, à me demander combien de temps encore cette vie pourrait durer. Il y avait des moments où je m'inquiétais, où je me disais que tout ça finirait mal. Mais dès que je la voyais revenir, sereine et confiante, toutes mes peurs semblaient s'évaporer.

Ce n'était pas une vie éternelle, je le savais. Les économies fondaient peu à peu, et la réalité finirait par nous rattraper. Mais pour l'instant, on vivait un rêve étrange, hors du temps, hors des lois.

Anna me disait souvent que c'était suffisant, que nous n'avions besoin de rien d'autre. Et je la croyais, du moins, j'essayais de m'en convaincre.

Les journées passaient doucement, presque indifférentes au monde extérieur. On passait notre temps à lire des bouquins trouvés dans les recoins poussiéreux de la vieille maison, à jouer aux échecs, nos parties s'éternisant souvent, rythmées par de longs silences ou des discussions légères sur tout et rien. Parfois, on parlait de philosophie, parfois de rêves fous et de projets irréalistes. Tout semblait à portée de main, comme si cette vie simple nous offrait une liberté que je n'avais jamais goûtée auparavant.

Anna était toujours fascinante, avec cette aura mystérieuse qui la rendait si différente de tout ce que j'avais connu. Chaque soir, elle trouvait un moyen de me rappeler que tout était facile avec elle, qu'il suffisait de vivre sans penser aux conséquences, sans se soucier du monde.

Et je la croyais, chaque jour un peu plus.

Je sursaute, encore engourdi par un sommeil trop lourd. Le bruit est léger, presque furtif, mais distinct. Un grincement, une vibration imperceptible qui n'aurait peut-être rien éveillé en moi… si je n'étais pas déjà sur le qui-vive. Mon cœur s'emballe immédiatement, chaque battement résonnant dans ma poitrine comme un tambour de guerre. Quelqu'un, ou quelque chose, est dans la maison. Je le sens.

Instinctivement, je cherche Anna du regard. Mon premier réflexe, toujours. Mais elle n'est pas là. Son absence pèse immédiatement, amplifiant ma nervosité. La place à côté de moi est froide, vide. Où est-elle ? Une vague d'adrénaline me traverse, me tirant complètement de ma torpeur. Je tends l'oreille, scrutant l'obscurité de la pièce. Tout est silencieux maintenant, terriblement silencieux. Trop, peut-être. Je me lève lentement, mes muscles tendus, chaque pas mesuré, chaque souffle retenu, à l'écoute du moindre indice.

Mes pieds nus glissent sur le sol froid, chaque pas m'ancrant un peu plus dans cette étrange réalité. Les sons viennent du rez-de-chaussée, un grincement discret suivi du craquement caractéristique du plancher usé. Puis, un bruit léger, presque fragile : un objet qui tombe doucement, comme s'il avait été posé maladroitement plutôt que jeté. Mon cœur tambourine dans ma poitrine, mais je garde le contrôle, avançant prudemment vers la porte.

Une part de moi veut croire que c'est Anna, simplement réveillée avant moi, explorant la maison à sa manière silencieuse et imprévisible. Peut-être est-elle encore plongée dans un de ses jeux, perdue dans un monde que je ne comprends jamais vraiment mais qui semble si naturel pour elle. Mais une autre part, plus sourde, plus sombre, murmure autre chose. Un avertissement. Je pose ma main sur la poignée, hésitant un instant, mon souffle suspendu.

Je me demande si elle est allée voir d'où venait ce bruit avant moi...

Je m'approche silencieusement du bord de l'escalier et, en contrebas, j'aperçois un jeune homme. Il est de dos, fouillant maladroitement dans mes affaires, comme s'il cherchait quelque chose. Mon cœur bat plus fort, la rage monte instantanément en moi. Qui ose s'introduire ici ? Mon esprit est envahi par des pensées sombres, et je ressens cette force que j'avais cru dominer.

Je me demande où est Anna. Est-elle au courant ? Ou bien est-ce qu'elle l'a attiré ici, comme une proie ?

Le jeune homme semble ignorant de ma présence, mais mes muscles se tendent. Je ramasse un bout de bois qui traîne sur le sol, un morceau robuste du plancher délabré. Ma main se serre autour, mes jointures blanchissent sous la pression. Le jeune homme continue de fouiller sans se douter de ma présence. Chaque seconde qui passe nourrit cette colère en moi, cette rage que j'avais voulu laisser derrière.

Un pas. Puis un autre, plus silencieux encore. Mon corps se tend, chaque muscle prêt à bondir, chaque souffle mesuré pour ne pas trahir ma présence. Je m'approche lentement, mes yeux rivés sur lui, une silhouette indistincte dans la pénombre. Je peux entendre son mouvement léger, sa respiration presque imperceptible, comme un écho à la mienne. Mon cœur bat à un rythme effréné, un tambour dans cette obscurité oppressante, mais je ne faiblis pas.

Le bout de bois dans ma main pèse lourd, sa texture rugueuse s'enfonçant dans ma paume. Je le serre plus fort, presque machinalement, comme si la force qui grandit en moi s'y canalisait. L'envie de l'abattre, de frapper, devient de plus en plus irrésistible, une pulsion brute qui monte en moi, incontrôlable. Mes pensées s'embrouillent. Je ne vois que lui. L'ombre mouvante. L'intrus. Rien d'autre n'existe.

Je descends les escaliers, chaque pas mesuré, chaque mouvement contrôlé, essayant de m'effacer dans le silence oppressant de l'instant. Mais un craquement, traître et perçant, résonne sous mon pied. Un son aigu, amplifié par l'écho, qui déchire l'air comme un coup de tonnerre. Mon cœur rate un battement, ma respiration s'accélère. L'ombre en bas se fige un instant, tendant l'oreille. Puis, lentement, il se retourne.

Nos regards se croisent, et le temps semble s'étirer. Ses yeux s'agrandissent lorsqu'il m'aperçoit, une lueur brutale de panique traversant son visage. Il hésite, pris entre l'instinct de fuir et celui de se défendre, mais cette fraction de seconde d'incertitude le rend vulnérable. Je reste là, immobile, mon poing serrant le bout de bois comme une ancre. Sa peur me frappe, presque palpable, et je sens en moi une poussée étrange, un mélange d'adrénaline et de quelque chose de plus sombre, plus viscéral. L'air est lourd, chaque seconde emplie de tension, et je sais que l'un de nous devra bouger en premier.

Tout ce qui se passe maintenant semble inévitable, hors de contrôle, comme si je n'étais plus qu'un spectateur dans mon propre corps. Une force extérieure, puissante et implacable, semble guider mes mouvements, m'arrachant à toute hésitation, à toute réflexion. Chaque muscle agit avec une précision mécanique, chaque pas me rapproche de lui sans que je puisse m'arrêter. Mon esprit crie, tente de reprendre le dessus, mais c'est vain. Une pulsion brute, une énergie sombre et irrésistible, m'a déjà submergé.

Je vois son visage, figé dans la panique, et cela alimente cette force en moi, la nourrit, la renforce. Le bout de bois est comme une extension de moi-même, lourd mais parfaitement équilibré, prêt à frapper. Je ne contrôle plus rien. C'est comme si une scène se jouait, écrite bien avant ce moment, et que je ne faisais qu'en suivre les lignes, incapable de changer le script

Sans réfléchir, je laisse la pulsion prendre le dessus. Je lance le morceau de bois de toutes mes forces, avec une précision brute que je ne pensais pas posséder. L'objet fend l'air, un sifflement court mais puissant, avant de toucher sa cible en plein torse. Le choc résonne, sourd et brutal, dans ce silence oppressant. Le jeune homme vacille, son corps se pliant sous l'impact, et il titube en arrière, cherchant désespérément un équilibre qu'il ne trouve pas.

Il s'effondre lourdement au sol, sonné, ses mains tâtonnant le plancher froid comme pour reprendre ses repères. Un gémissement étouffé s'échappe de ses lèvres, mêlé à une respiration haletante. Je reste figé, mon cœur battant à un rythme effréné, incapable de détourner mon regard de son corps immobile. Dans ma tête, tout se brouille : l'adrénaline, la peur, la colère. Je ne peux plus faire marche arrière. Chaque seconde qui passe ancre davantage cette vérité implacable. L'instant où tout a changé est déjà derrière moi.

Anna apparaît soudainement derrière moi, comme une ombre silencieuse, son souffle chaud effleurant ma nuque. Je sursaute légèrement, mais son regard, calme et presque satisfait, m'apaise aussitôt. Ses yeux scintillent d'une lueur étrange, une sorte de fierté mal placée, comme si elle avait attendu ce moment.

Elle se penche doucement, ses lèvres tout près de mon oreille, et murmure d'une voix basse, presque envoûtante :
— Finis-le. Assomme-le complètement.

Ses mots coulent comme du venin doux, hypnotiques, imprégnés d'une certitude implacable. Mon cœur bat à tout rompre, mes pensées s'emmêlent, mais je sens sa présence, son influence, me submerger. Je regarde le jeune homme étendu au sol, ses gémissements faibles, son corps qui tente de bouger, et mes mains se crispent. Anna a raison, murmure une voix au fond de moi, une voix que je ne reconnais pas tout à fait. Elle a toujours raison.

Je m'exécute sans réfléchir, porté par une impulsion froide et brutale. Mon pied se lève et s'abat avec force, directement sur son visage. Le bruit sourd de l'impact résonne dans la pièce, étouffé mais terriblement distinct. Sa tête bascule en arrière, heurtant le sol avec un craquement qui me fait frissonner, mais je ne détourne pas les yeux.

— Bien joué, Kevin... Maintenant, qu'est-ce qu'on fait de lui ?

Je trouve rapidement de la corde dans un coin de la maison. Sans perdre de temps, je l'attache solidement à une vieille chaise qui traîne là. Le jeune homme est encore sonné, sa tête penche légèrement en avant, inconscient de la situation dans laquelle il se trouve. Derrière moi, je sens la présence d'Anna, calme et immobile, son aura presque rassurante. Je ne me retourne pas, mais je sais qu'elle est là, que ses yeux doivent briller de cette satisfaction étrange qu'elle affiche si souvent.

— C'est bien, murmure-t-elle finalement, sa voix douce

Je m'assois en face de lui, le bout de bois posé à mes côtés, toujours à portée. Mon corps reste tendu, prêt à bondir si jamais il tente quoi que ce soit. Le silence dans la maison est presque total, lourd, oppressant, seulement interrompu par le souffle irrégulier du jeune homme. Sa respiration s'accélère alors qu'il commence à émerger, son corps remuant faiblement. Je le regarde, immobile, le regard rivé sur lui, tandis que mes pensées tournent à toute vitesse, se bousculant dans un chaos que je peine à maîtriser.

Il finit par ouvrir les yeux, ses paupières papillonnant sous l'effort, son visage marqué par la douleur. Son regard est confus, désorienté, incapable de comprendre ce qui vient de se passer. Je

149

ne dis rien. Je le fixe, attendant qu'il se concentre sur moi, qu'il comprenne où il est et dans quelle situation il se trouve. Une partie de moi s'interroge : que vais-je faire de lui ? Est-ce que je cherche des réponses, ou est-ce que je prolonge simplement cet instant où le contrôle est entre mes mains ?

Anna, toujours là dans un coin, observe, silencieuse, mais je sens son attente, sa curiosité presque palpable.

—Alors, murmuré-je finalement, ma voix basse, rauque. Qui es-tu, et qu'est-ce que tu fais ici ?

Les mots sortent comme un coup de fouet, tranchant dans ce silence pesant.

Il fronce les sourcils, luttant pour rassembler ses pensées. Son regard confus passe rapidement de mon visage à la corde qui le maintien solidement attaché. Je ne bouge pas, observant chaque réaction, chaque tentative de compréhension qui traverse son esprit. Il secoue légèrement la tête, comme pour chasser une brume invisible, mais cela ne change rien. La peur commence à se refléter dans ses yeux.

Je le regarde se débattre, ses mouvements maladroits et inefficaces trahissant sa panique croissante. Son souffle s'accélère, et son visage se crispe davantage à chaque instant. La peur qui monte en lui est presque palpable, une énergie qui envahit la pièce. Quand il parle enfin, sa voix est tremblante, hésitante, presque cassée. Il ne cherche pas à être menaçant, il n'en a même pas la force. C'est juste celle d'un gars perdu, complètement dépassé par ce qui lui arrive.

— Je... je sais pas... pourquoi je suis là... je vous en supplie... laissez-moi partir...

Ses mots s'effilochent, se perdant dans une supplique confuse. Je reste immobile, mon regard dur fixé sur lui, mais à l'intérieur, mes pensées s'agitent. Est-il vraiment aussi innocent qu'il le semble ? Ou est-ce un masque, un jeu qu'il espère gagner en jouant sur ma pitié ? Je n'en sais rien. Mais une chose est certaine : je vais obtenir des réponses.

— Calme-toi, personne ne te fera de mal si tu réponds à mes questions, dis-je en appuyant sur chaque mot.

Anna s'approche lentement, sa présence mystérieuse ajoute à la tension de la scène. Je peux sentir son regard brûlant derrière moi, comme une force invisible qui me pousse à aller plus loin.

— Pourquoi t'es là ? Tu fouillais la maison. Tu cherches quelque chose ?

— Je fais juste de l'urbex, putain ! C'est tout ! dit le jeune homme, sa voix tremblante.

— De l'urbex ? je le fixe, essayant de comprendre si c'est une excuse bidon ou la vérité. Tu veux dire que t'es juste un curieux qui explore les endroits abandonnés, c'est ça ?

Le jeune homme acquiesce rapidement, la panique toujours présente dans ses yeux.

— Je ne suis pas ici pour vous ! Je ne savais pas que quelqu'un vivait là, je vous jure !

Anna s'approche davantage, son regard perçant scrute le jeune homme comme si elle lisait en lui. Elle se tourne vers moi, un léger sourire en coin.

— Kevin, tu crois vraiment que c'est juste un hasard ?

Je commence à douter.

— Non, tu mens ! Je hurle, ma voix résonnant dans la pièce. Je sens sa peur grandir, elle emplit l'air comme une odeur de proie. Cette sensation de puissance me submerge, me donne une poussée d'adrénaline que je n'avais jamais connue avant.

Le jeune homme me regarde, ses yeux écarquillés, suppliant.

— Je te jure, mec, je dis la vérité. Je voulais juste prendre des photos, c'est tout. Je ne ferai pas d'histoires, laisse-moi partir, s'il te plaît !

Mais je n'écoute pas vraiment. Je suis fasciné par la terreur dans ses yeux. Cette sensation d'avoir le contrôle total sur quelqu'un, c'est grisant, presque enivrant. Anna me fixe en silence, un sourire subtil aux lèvres.

— Je suis sûr que c'est ma femme qui t'a envoyé ! Tu veux me faire signer des papiers, c'est ça ? Je hurle, m'approchant de lui, le regard sombre.

Il secoue la tête frénétiquement, sa voix tremblante.

—Non, non, je te promets ! Je ne connais pas ta femme, je te jure ! Je fais de l'urbex, je suis juste un type qui explore des endroits abandonnés... Je te le jure, je suis tombé ici par hasard, c'est tout !

Je serre les poings, le doute me ronge. Est-ce qu'il ment, ou est-ce juste un pauvre gars au mauvais endroit, au mauvais moment ? Mais la rage monte en moi, alimentée par des mois de frustration et de colère.

— Alors, t'as été au lac, hein ? je crache, mon visage à quelques centimètres du sien. T'as vu ce que j'ai fait à cette femme ? Avoue !

Il écarquille les yeux, totalement terrifié.

— Non ! Non, je te jure que non ! Je... je ne sais même pas de quoi tu parles ! Je suis juste tombé sur cette baraque abandonnée, c'est tout. Je te promets que je n'ai rien vu, je ne sais rien !

Je le fixe, scrutant son visage à la recherche d'un signe de mensonge, mais tout ce que je vois, c'est la peur pure. Pourtant, je sens cette force en moi, cette voix qui me pousse à croire qu'il ment, qu'il cache quelque chose.

Anna m'appelle d'un geste subtil, et je m'approche. Elle me murmure à l'oreille, sa voix douce mais tranchante comme une lame :

— Tu viens de lui parler du lac, Kevin... Maintenant, va falloir le faire disparaître, ce type. On ne peut pas prendre de risque.

Je sens sa main glisser le long de mon bras, comme pour m'envelopper dans une étreinte réconfortante, mais au fond de moi, je sais ce qu'elle veut. Ses mots me tournent dans la tête, en écho avec mes propres pensées sombres. Je regarde ce gars, ligoté, complètement à ma merci. Sans réfléchir, une vague de rage incontrôlable m'envahit.

J'attrape le bout de bois sans hésitation et, avec toute la force que j'ai pu rassembler, je l'abats violemment sur le crâne de l'homme ligoté. Le bruit sourd du choc résonne dans la pièce. Il n'a même pas eu le temps de crié, juste un gémissement étouffer, puis son corps s'affaisse contre les cordes.

Je reste là, immobile, fixant le sang qui commence à couler lentement le long de son visage. Anna, toujours silencieuse, observe la scène avec un sourire satisfait.

Je respire profondément pour calmer l'adrénaline qui pulse dans mes veines. Le corps gît là, sans vie, et je sais ce qu'il me reste à faire. En plein milieu de la forêt, personne ne viendra poser de questions. Pourtant, avant de m'en débarrasser, je me penche sur les affaires de l'homme. Je fouille ses poches, son sac, cherchant des indices, une identité.

Après avoir récupéré quelques objets, je me dirige vers la sortie de la cabane. Je jette un coup d'œil autour de moi, cherchant un véhicule qui aurait pu le mener ici.

Effectivement, garé un peu plus loin, un petit véhicule attendait, probablement le sien. À l'intérieur, des affaires personnelles, des vêtements, et surtout une carte. Elle était annotée de croix sur différents emplacements, et la maison où nous étions figurait parmi eux. C'était bien une carte d'urbex, marquant des lieux abandonnés à explorer.

Je la tiens entre mes mains, perplexe. Ce type n'avait peut-être aucun lien avec ma femme, mais maintenant, il en savait trop. Je me tourne vers Anna, qui me fixe avec son sourire tranquille, presque serein.

— Il faut tout faire disparaître, me murmure-t-elle, et je sais qu'elle a raison.

Il n'y aura aucune trace de ce qu'il s'est passé ici.

Je traîne le corps jusqu'à un endroit isolé de la forêt, loin des sentiers, là où personne ne viendra fouiner. Le sol est dur, mais je creuse avec tout ce que j'ai, la rage et la peur se mêlant à l'effort physique. Chaque coup de pelle m'ancre un peu plus dans cette nouvelle réalité, celle où il n'y a plus de retour en arrière.

Anna m'observe de loin, silencieuse, presque apaisée par ce qui se déroule. Elle semble savoir que c'est nécessaire, que je suis en train de brûler les dernières traces de l'ancien Kevin, celui qui obéissait aux lois et aux règles de la société. Une fois le trou suffisamment profond, je jette un dernier regard au corps inerte, puis je l'enterre, couche après couche, effaçant tout.

Le silence qui suit est oppressant, mais étrangement libérateur.

Je soupire en regardant le véhicule. C'est vrai, le faire disparaître ne sera pas aussi simple que de creuser un trou. Mais je n'ai pas le choix. Si je veux effacer toute trace de ce qui s'est passé, il faudra le faire disparaître aussi.

Je fouille un peu plus dans le coffre, cherchant quelque chose qui pourrait m'aider. De l'essence... bien sûr. Ce n'est pas une solution parfaite, mais c'est la plus rapide. Un incendie attirerait peut-être des curieux, mais au moins le véhicule serait méconnaissable.

Je me retourne vers Anna, attiré par sa présence magnétique. Elle est là, calme, imperturbable. Son regard me transperce, empli d'une étrange fierté, comme si elle savourait chaque instant de cette transformation que je suis en train de vivre. Ce sourire... Il me trouble autant qu'il me rassure. Il me dit que je fais ce qu'il faut, que je suis enfin celui qu'elle voyait en moi depuis le début : quelqu'un qui n'hésite plus, qui agit, qui prend ce qu'il veut et efface ses erreurs sans état d'âme.

Je la fixe, cherchant une approbation silencieuse, un signe que je vais dans la bonne direction. Et elle me l'offre, sans un mot, juste ce sourire et cette étincelle dans ses yeux. C'est suffisant.

Mon hésitation s'efface, emportée par cette étrange complicité. Je sens un frisson courir le long de ma colonne vertébrale, un mélange de peur et d'excitation. Anna voulait un homme capable de tout. Et je suis en train de devenir cet homme.

La fumée noire s'élève rapidement, épaisse et envoûtante, serpentant vers le ciel comme une ombre vivante. Elle contraste violemment avec le vert dense et vibrant de la forêt, un rappel brutal de la rupture que je viens de créer dans cet endroit pourtant si calme. Mon regard est fixé sur le véhicule en flammes, les contours déformés par la chaleur, les éclats lumineux dansant dans le brasier. Une boule se forme dans mon estomac, lourde et oppressante. Je sais que ça ne passera pas inaperçu. Ce n'est qu'une question de temps avant que quelqu'un ne voie la colonne de fumée ou ne sente l'odeur de brûlé. Mais maintenant, il est trop tard.

Je détourne enfin les yeux pour la regarder, elle. Anna. Elle se tient là, légèrement en retrait, imperturbable, ses bras croisés, son regard fixé sur le spectacle. Son visage est calme, presque inexpressif, comme si tout cela n'avait aucune importance, comme si c'était un détail dans un tableau plus grand qu'elle seule semble comprendre. Aucun signe d'inquiétude, aucune trace d'hésitation. Juste cette présence immuable, cette force tranquille. Je voudrais lui demander ce qu'elle pense, ce qu'elle ressent, mais les mots restent coincés dans ma gorge. Elle finit par tourner légèrement la tête vers moi, et je lis dans ses yeux une seule chose : c'était nécessaire. Puis, sans un mot, elle commence à s'éloigner. Et moi, je la suis. Parce qu'il n'y a plus rien à faire ici, sauf partir.

— Il est temps de filer d'ici, je lui dis, serrant la carte dans ma main. On a encore beaucoup d'endroits à découvrir.

Elle acquiesce, son regard fixé sur moi, une compréhension silencieuse passant entre nous. Pas un mot, juste un léger mouvement de tête, mais c'est suffisant. Je sais qu'elle est prête à me suivre, où que cette route nous mène. Il y a une confiance inébranlable dans ses yeux, une acceptation totale de ce que nous sommes en train de devenir. Avec elle, il n'y a pas de doutes, pas de questions, seulement une certitude glaciale et fascinante.

Je replie la carte soigneusement, la glissant dans ma poche. Elle est notre clé, notre guide vers une multitude de lieux oubliés, éparpillés dans des coins reculés, loin des regards indiscrets. Des endroits parfaits pour nous cacher, pour nous faire oublier du reste du monde. Mais en même temps, je ne peux m'empêcher de penser à ce qu'ils pourraient devenir : des sanctuaires pour nos idées, des terrains de jeu pour d'autres projets... plus sombres, plus audacieux. Je sens une étrange excitation monter en moi à cette idée. Anna marche à mes côtés, et je sais qu'elle ressent la même chose.

CHAPITRE 17

— Où tu veux aller, ma belle ? dis-je en démarrant le moteur, ma voix teintée d'un calme étrange, presque rassurant.

Le ronronnement du moteur remplit l'habitacle, brisant le silence oppressant qui régnait jusque-là. Je tourne légèrement la tête vers elle, cherchant son regard, mais Anna reste immobile, les yeux fixés droit devant, comme si elle voyait déjà la route qui nous attendait.

Un léger sourire étire ses lèvres, énigmatique, impossible à déchiffrer. Elle ne répond pas tout de suite, laissant le suspense flotter dans l'air. Puis, doucement, elle incline la tête vers moi, son regard brûlant de cette lueur familière, un mélange de défi et de promesse.

— Là où tu veux. Peu importe. Tant qu'on est ensemble. Sa voix est douce, mais chargée d'une intensité qui me donne presque le vertige.

Je serre un peu plus le volant, mon cœur battant plus fort. La route s'étend devant nous, sombre et inconnue, mais ça n'a plus d'importance. Avec elle à mes côtés, tout semble possible, et étrangement, tout semble dangereux. Je passe la première, et nous partons.

Anna, assise à côté de moi, examine la carte avec une attention presque religieuse. Le papier craque légèrement sous ses doigts, usé par le temps et l'usage. Ses gestes sont lents, précis, comme si chaque croix marquée sur la carte racontait une histoire qu'elle seule pouvait comprendre. Elle laisse ses doigts glisser sur les tracés, effleurant ces lieux abandonnés, chacun une promesse de solitude, de mystère, et peut-être… d'opportunité. Elle ne parle pas tout de suite, prenant son temps, savourant ce moment, comme si elle pesait chaque possibilité.

Puis, elle s'arrête. Ses yeux se plissent légèrement, un sourire presque imperceptible apparaissant sur ses lèvres. Elle pointe une croix, un endroit perdu au milieu de nulle part, là où les routes semblent s'effacer dans le vide.

— Là, dit-elle enfin, sa voix douce mais assurée. Ça a l'air parfait. Personne pour nous déranger.

Je jette un coup d'œil à l'endroit qu'elle a choisi. Isolé, éloigné de tout. Parfait, en effet. Un endroit où le monde n'aura plus aucune emprise sur nous, où nous pourrons être libres, sans contraintes, sans règles.

— Ça marche, répondis-je, un sourire en coin.

Avec elle à mes côtés, je me sens invincible. Nous avons le monde à conquérir, à notre manière. J'appuie sur l'accélérateur, laissant derrière nous les restes fumants de notre dernier passage.

La route est longue, les kilomètres défilant dans un silence presque apaisant, rythmé uniquement par le ronronnement du moteur et le souffle léger du vent s'engouffrant par la fenêtre entrouverte. Les paysages changent, des champs déserts aux forêts sombres, mais ils n'ont plus vraiment d'importance. Je garde mes mains fermes sur le volant, les yeux rivés sur la route.

À côté de moi, Anna est calme, son regard perdu quelque part au-delà de l'horizon, mais sa présence est tout sauf passive. Elle est là, un ancrage, une certitude. Sa simple existence à mes côtés rend chaque virage, chaque ligne droite, infiniment plus significative. Nous avançons, inexorablement, vers quelque chose que nous seuls comprenons, que nous seuls avons choisi. Et dans cette unité étrange, cette complicité silencieuse, je trouve une force que je n'aurais jamais cru posséder. Ensemble, nous sommes invincibles.

Je serre le volant un peu plus fort, mes jointures blanchissant sous la pression. La question d'Anna flotte dans l'air, s'insinuant dans chaque recoin de l'habitacle. Sa voix était douce, presque caressante, mais la brutalité de ses mots me frappe comme un coup au ventre

— Alors, Kevin, dis-moi, est-ce que tu as aimé ça ?

Je garde les yeux fixés sur la route, incapable de croiser son regard. Pourtant, je sens son intensité, brûlante, pesante, comme si elle pouvait lire chaque pensée qui traverse mon esprit. Est-ce que j'ai aimé ça ? La question tourne en boucle dans ma tête, réveillant des fragments de la scène, des sensations, des émotions que je n'arrive pas à classer. La peur, l'adrénaline, la puissance… et ce frisson inexplicable, dérangeant, qui m'a parcouru après l'impact.

—Je… Je cherche mes mots, mais rien ne vient.

Le silence s'étire, et je sens son sourire. Elle sait déjà. Elle connaît la réponse avant même que je la formule. Elle attend simplement que je l'accepte, que je me l'avoue à moi-même. Je prends une grande inspiration, mais au fond, je sais que la vérité n'a jamais été aussi claire.

— J'sais pas… J'crois que oui. C'était… intense.

Elle sourit, ce sourire énigmatique, satisfait, presque triomphant. Ses mots tombent doucement, mais avec un poids écrasant, chaque syllabe s'insinuant dans mon esprit

— Pas de honte, Kevin. Ce que tu as fait, c'était toi. Pas le Kevin qui joue un rôle, qui se cache derrière un masque. Non, le vrai toi. Celui qui ose enfin vivre.

Sa voix est comme un venin doux, une vérité empoisonnée qui commence à s'infiltrer en moi. Elle continue, son regard ancré dans le mien, implacable, presque fascinant.

— Toute ta vie, la société t'a bridé, t'a enfermé dans des règles, dans des attentes absurdes. Ils t'ont réduit à un rouage dans leur machine, mais tu es tellement plus que ça. Bien plus.

Je sens une chaleur étrange monter en moi, un mélange de colère et de quelque chose de plus profond, de plus primal. Est-ce qu'elle a raison ? Est-ce que ce que j'ai fait reflète vraiment qui je suis ? Cette idée me terrifie autant qu'elle m'attire. Je veux protester, lui dire qu'elle se trompe, mais les mots restent coincés. Une part de moi sait qu'elle a touché quelque chose de vrai, quelque chose que je n'avais jamais osé regarder en face. Je détourne les yeux, mais son sourire reste gravé dans mon esprit, comme une marque que je ne peux effacer.

Anna incarne cette liberté totale, brute, que je n'ai jamais pu m'offrir. Elle n'a pas peur des règles, des jugements, des conséquences. Elle est tout ce que je n'ai jamais été, et tout ce que je veux, une part de moi le sait, devenir. Elle m'a poussé, doucement, inexorablement, à franchir toutes les limites que je m'étais imposées.

Je prends une grande inspiration, et mes propres mots me surprennent quand ils sortent

— Peut-être… peut-être que j'ai toujours eu ça en moi. Ce besoin de… de tout détruire pour être vraiment moi.

Les mots flottent entre nous, lourds, inavouables, mais maintenant exposés au grand jour.

Anna incline légèrement la tête, un sourire approbateur jouant sur ses lèvres. Elle pose une main sur ma jambe, son geste à la fois apaisant et enflammant. Son regard se fait plus intense, ses mots coulent comme du miel empoisonné.

— Alors pourquoi lutter ? Pourquoi pas accepter cette puissance qui est en toi ? Pourquoi la réprimer, quand elle peut te libérer ?

Son contact, ses mots, tout en elle est une invitation à céder, à abandonner cette résistance intérieure. Mon esprit vacille. Cette puissance, ce chaos en moi… je l'ai toujours combattu. Mais elle a raison sur une chose : il est là, et il attend. Alors pourquoi ne pas le libérer ? Pourquoi ne pas enfin être moi, totalement, sans chaînes, sans masque ?

Je lui dis, presque sans réfléchir.

— J'ai envie de plus, bien plus… des sculptures, avec des corps humains. J'aimerais façonner quelque chose de grand, un monument qui me reflète.

Je lâche ces mots, presque sans réfléchir, mais ils résonnent dans l'air comme une confession troublante

Ma voix tremble légèrement, mais l'idée, aussi sombre soit-elle, m'enivre d'un frisson nouveau. Une vision commence à prendre forme dans mon esprit, brute, chaotique, magnifique.

Anna me regarde, un sourire étirant lentement ses lèvres. Il y a un éclat de malice dans ses yeux, un mélange de fascination et de complicité, comme si elle savait depuis le début où mes pensées allaient m'emmener. Elle ne dit rien immédiatement, se contentant d'un léger hochement de tête qui me pousse à continuer. Mais une part de moi vacille, encore ancrée dans une vieille peur, celle d'être découvert, celle d'affronter les conséquences.

— Mais… la police, Anna, dis-je enfin, ma voix plus basse, presque un murmure.

— Ce que je fais, c'est risqué. Ils pourraient finir par me coincer, remonter jusqu'à moi.

Son sourire s'élargit légèrement, mais elle reste calme, imperturbable. Sa main retourne se poser sur ma jambe, un geste rassurant, mais teinté d'autorité.

— Kevin, commence-t-elle doucement, sa voix presque chantante, les grands artistes ont toujours pris des risques. Ils étaient incompris, souvent poursuivis, mais c'est ça qui les rendait immortels. Tu veux te cacher, ou tu veux laisser ton empreinte ?

Ses mots me frappent comme une évidence brutale. Elle ne me rassure pas, pas vraiment. Mais elle m'offre une perspective, une promesse d'éternité, et je ne peux m'empêcher d'être attiré par cette idée, malgré la peur qui gronde encore en moi.

La route semble s'étirer à l'infini, une ligne grise qui disparaît dans l'obscurité naissante. Les forêts sombres se succèdent, leurs silhouettes menaçantes encadrant les étendues désertes qui défilent sous nos yeux. La fatigue commence à peser sur mes épaules, mes paupières se font lourdes, et mes pensées s'embrouillent. Anna, toujours sereine, semble sentir mon silence, mon ralentissement, comme si elle pouvait lire la tension qui grandit en moi.

D'une voix douce, presque apaisante, elle propose

— On va devoir s'arrêter. Trouver un endroit pour reprendre des forces… quelque part où personne ne viendra nous chercher.

Je hoche la tête, mes yeux cherchant des panneaux, un indice, n'importe quoi qui pourrait mener à un lieu reculé.

— Pas besoin de luxe, dis-je en serrant un peu plus le volant, ma voix rauque. Juste un endroit tranquille, loin de tout.

Anna esquisse un léger sourire et pose son regard sur l'horizon, comme si elle voyait déjà l'endroit parfait. Une halte, juste le temps de laisser nos corps et nos esprits se reposer, de savourer cette liberté étrange qui nous enveloppe. Ce besoin de fuir, de se cacher, devient presque secondaire face à cette sensation grisante d'être hors du monde, hors des règles.

Je bifurque sans hésiter, laissant la route principale derrière moi, comme on tourne le dos à une vie qui ne nous appartient plus. Le sentier est étroit, cahoteux, ses pierres et ses racines secouant le véhicule à chaque mètre parcouru. À mesure que l'on avance, la végétation devient plus dense, les arbres se resserrent autour de nous, leurs branches noueuses se penchant comme pour protéger ce lieu oublié, le dissimulant du reste du monde. L'air semble changer, plus lourd, chargé de cette odeur de terre humide et de bois en décomposition.

Finalement, la ferme apparaît, comme surgie d'un autre temps. Elle est à moitié dissimulée sous le poids des années, son toit affaissé par endroits, les murs envahis de lierre et de mousse. La nature l'a engloutie, mais elle tient encore debout, solitaire et imposante dans ce cadre sauvage. Une relique d'un passé oublié, mais parfaite pour nous.

Je me gare près d'un vieux mur de pierre, éteins le moteur et laisse le silence prendre toute la place.

Anna descend lentement de la voiture, son regard balayant les environs. Elle avance de quelques pas, ses bottes écrasant les feuilles mortes qui jonchent le sol. Ses yeux brillent d'une étrange lueur alors qu'elle tourne légèrement la tête vers moi, un léger sourire flottant sur ses lèvres.

— Parfait, murmure-t-elle, sa voix douce mais chargée de certitude. Comme si cet endroit avait toujours été là, attendant notre arrivée.

Je reste figé, mes mains toujours sur le volant, mes yeux fixés sur les silhouettes qui s'affairent à l'intérieur de la ferme. À travers la fenêtre sale de la voiture, je les observe, leurs mouvements précis, concentrés. Ils manient des outils, les éclats de métal résonnant faiblement dans l'air lourd. Leurs voix basses se mêlent au bruit, portées par le vent jusqu'à mes oreilles, mais les mots restent indistincts. Ils semblent complètement absorbés, vulnérables dans leur bulle, comme s'ils ignoraient tout du monde extérieur... ou de ce qui se tient à quelques mètres d'eux.

Anna, à mes côtés, ne dit rien d'abord, mais je sens son regard sur moi, une chaleur insistante qui traverse l'habitacle. Je tourne la tête légèrement, croisant ses yeux brillants de cette curiosité troublante qui lui est propre. Elle semble presque s'amuser de la scène, un sourire malicieux étirant doucement ses lèvres. Puis, elle murmure, sa voix basse et presque caressante, mais teintée d'un défi clair.

— Voilà une belle occasion pour toi, non ?

Son ton est doux, mais ses mots résonnent comme un appel, un aiguillon planté dans mon esprit. Je sens cette tension familière monter en moi, cette lutte entre la peur et l'adrénaline, entre la raison et cette autre part de moi que je commence à comprendre. Je reste silencieux un instant, mes pensées s'entremêlant dans un maelström confus. Les silhouettes continuent leur travail, inconscientes du regard que nous posons sur elles. Et moi, je me demande si c'est vraiment une « occasion » ... ou le début de quelque chose d'incontrôlable

Je me sens partagé. Une part de moi souhaite simplement repartir, mais une autre...

Un sourire se dessine sur mes lèvres, presque malgré moi, un rictus que je ne contrôle pas totalement. Anna a ce don, cette capacité troublante de dire exactement ce qu'il faut pour éveiller mes instincts, pour rendre l'irrésistible encore plus tentant. Elle sait où frapper, où appuyer pour briser mes dernières hésitations, pour me faire basculer. Et je sens cette montée en moi, ce mélange de frisson et de puissance brute qui ne demande qu'à être libéré.

Elle s'approche lentement, ses mouvements gracieux et calculés, comme une danse qui ne vise qu'un seul objectif. Son regard sombre, profond, me transperce, un mélange de séduction et de défi que je ne peux ignorer. Ses lèvres s'approchent de mon oreille, et elle murmure à nouveau, sa voix douce mais imprégnée d'une provocation presque hypnotique :
— Allez, Kevin… une belle récompense t'attend.

Ces mots s'insinuent dans mon esprit comme un poison sucré, détruisant le peu de retenue qu'il me reste. Je sens le rythme de mon cœur s'accélérer, l'adrénaline inonder mes veines. Je regarde à nouveau les silhouettes à l'intérieur, absorbées, insouciantes, comme si elles n'avaient aucune idée de ce qui se prépare. Mon sourire s'élargit. Anna a gagné, comme toujours. Et je suis prêt à agir.

Je prends un instant pour observer, calculer. Ils travaillent tranquillement, sans se douter de ma présence. L'homme semble concentré à réparer une fenêtre, tandis que la femme trie des planches au sol, tous deux absorbés par leur tâche. Si je veux agir sans risquer de me faire remarquer, il faudra que je les approche séparément, un à un.

Anna me murmure d'être méthodique, d'attendre le moment parfait. Elle me rappelle que la discrétion sera mon alliée ici, et que si je joue bien mes cartes, cette petite ferme pourrait devenir une scène idéale pour... mes ambitions.

Je me cache derrière un arbre massif, bien dissimulé par les ombres et les feuillages, avec une vue parfaite sur la ferme. L'homme a l'air absorbé par sa tâche à la fenêtre, et la femme, sur ses planches, ne fait que de brèves pauses pour s'essuyer le front. Le moment parfait pourrait bien être maintenant.

Je sens Anna à mes côtés, sa présence magnétique presque palpable, même si elle reste légèrement en retrait. Elle n'a pas besoin de bouger, pas besoin de faire un geste brusque pour me rappeler qu'elle est là. Sa voix douce glisse jusqu'à moi, un murmure bas, précis, tranchant comme une lame bien affûtée.

— Tout est une question de patience et de timing, Kevin. La moindre erreur, et c'est fini. Ne précipite rien.

Je ferme les yeux un instant, inspirant profondément, laissant ses mots s'incruster dans mon esprit. Elle a raison. Chaque mouvement doit être calculé, chaque geste parfaitement maîtrisé. Je rouvre les yeux et fixe à nouveau les silhouettes dans la ferme. Elles sont toujours absorbées dans leur travail, inconscientes du danger qui les guette. Le bruit de leurs outils rythme l'attente, un métronome nerveux qui me maintient alerte.

Je respire lentement, profondément, essayant de canaliser l'adrénaline qui pulse dans mes veines. Mon corps est tendu, prêt à bondir, prêt à fondre sur eux dès que l'occasion idéale se présentera. Chaque fibre de mon être est en alerte maximale, mes pensées concentrées sur un seul objectif. Anna, silencieuse mais omniprésente, est ma boussole dans cette folie. Et je sais que, lorsque le moment viendra, il n'y aura aucune hésitation.

J'observe la femme s'éloigner vers l'arrière de la maison, disparaissant par une porte de bois abîmée qui grince sous sa main. L'homme reste, absorbé par son travail, penché sur ses outils, totalement inconscient de ma présence. C'est le moment où je pourrais frapper, profiter de sa solitude.

Anna me glisse à l'oreille que je devrais saisir cette chance, que les erreurs n'ont pas leur place ici.

Elle avance d'un pas tranquille, dépassant le côté de la maison pour rejoindre ce qui ressemble à une petite cabane délabrée. À chaque instant, elle s'éloigne un peu plus de la sécurité de l'intérieur. Mon cœur s'accélère alors que je la vois se retrouver seule, vulnérable, exposée à quelques pas seulement de là où je suis dissimulé.

Anna, tout près de moi, souffle un murmure d'encouragement, me rappelant la « récompense » promise si je me décide enfin.

Je me glisse derrière elle, mes pas silencieux, et mes mains serrent déjà le bout de bois que j'ai ramassé en chemin. Elle referme la porte de la petite cabane, sans se douter de ma présence juste derrière. Mon souffle se calme, mes pensées se concentrent, et Anna, bien présente dans mon esprit, murmure une ultime incitation à l'action.

D'un coup sec de mon gourdin, je frappe la femme à l'arrière de la tête. Elle s'effondre instantanément, sans même avoir le temps de comprendre ce qui lui arrive. J'attrape son corps au vol, la retenant pour éviter tout bruit. Lentement, je la dépose au sol, mon oreille tendue guettant le moindre son qui pourrait trahir ma présence. Mon cœur bat fort, un mélange de tension et de satisfaction m'envahit, tandis qu'Anna m'observe avec ce sourire mystérieux.

Je vérifie que la femme est bien inconsciente, allongée sans mouvement, avant de me redresser. Je la laisse là, dans l'ombre de la cabane, certaine qu'elle ne se réveillera pas avant un moment. L'adrénaline pulse encore dans mes veines alors que je me tourne vers la maison. Je m'approche, silencieux, m'assurant que l'homme est toujours à l'intérieur, occupé à sa tâche.

Je m'approche de lui, pas après pas, le regard rivé sur son visage où la surprise commence à se muer en crainte. À chaque pas, je me fais plus menaçant, savourant cette montée d'angoisse que je provoque.

Arrivé au pied de l'échelle, je m'arrête, levant les yeux vers lui.

— Coucou, je lâche d'une voix douce, presque moqueuse.

L'effet est immédiat, il sursaute violemment, ses mains serrant la barre de l'échelle pour ne pas perdre l'équilibre. Son regard est désormais rempli de panique, et je sens un frisson de satisfaction parcourir mon corps.

— Qui… qui êtes-vous ? Qu'est-ce que vous faites ici ? murmure-t-il d'une voix tremblante.

Je laisse planer un silence, ma main effleurant doucement un barreau de l'échelle, comme pour lui signifier qu'il est piégé.

Je laisse échapper un rire amusé tout en saisissant l'échelle, et, d'un coup sec, je tire brutalement sur son perchoir. Il n'a pas le temps de réagir que déjà, il dégringole, son corps frappant lourdement le sol.

Avant même qu'il ne réalise ce qui vient de se passer, je m'approche et lui assène un coup de pied bien placé, assez fort pour l'envoyer dans les vapes. Son corps s'affaisse complètement, étendu et inerte. Le silence retombe, et une satisfaction froide s'installe en moi.

171

Je me retourne vers Anna, un sourire en coin, et lui murmure doucement.

— Va faire une petite balade, j'ai une surprise pour toi… un petit spectacle, rien que pour tes beaux yeux.

Elle me fixe, l'air amusé, et hoche la tête. Je la regarde s'éloigner, sachant que je vais tout mettre en œuvre pour qu'elle soit fière de ce que je m'apprête à faire.

CHAPITRE 18

Je prends soin d'installer chaque élément, comme un metteur en scène perfectionniste. L'homme, inconscient, pend par les pieds, une corde fermement nouée au plafond. La femme, elle, est solidement attachée à une chaise, sa tête penchée en avant, l'air encore groggy. Tout est parfaitement orchestré.

Pour Anna, je prends le temps de préparer un coin d'observation parfait. Elle mérite le meilleur, un endroit à la hauteur de l'expérience qui l'attend. Mes pas me guident à travers cette vieille ferme, explorant les pièces oubliées, envahies par la poussière et le temps. Finalement, je trouve ce qu'il me faut : une chaise ancienne à l'assise encore solide, usée mais pleine de caractère, comme si elle attendait ce moment depuis toujours.

Je la place méticuleusement dans un coin stratégique, légèrement surélevé, offrant une vue dégagée sur l'intérieur principal. L'endroit idéal. Je déniche aussi un plaid délavé dans une vieille malle, un tissu rêche mais encore suffisamment chaud. Je le plie soigneusement sur le dossier de la chaise, ajoutant une touche presque intime à cet espace que je viens de créer. Douillet, confortable... digne d'Anna.

Je recule de quelques pas, évaluant le résultat avec un étrange sentiment de fierté. C'est plus qu'un simple coin d'observation : c'est une place d'honneur. Un trône discret, mais symbolique, d'où elle pourra voir chaque détail, chaque instant sans aucune distraction. Je veux qu'elle soit à l'aise, qu'elle puisse savourer chaque seconde du spectacle que je m'apprête à lui offrir.

Un sourire satisfait étire mes lèvres. Tout est prêt. Maintenant, il ne reste plus qu'à attendre le moment parfait… et à lui montrer ce que je suis devenu pour elle.

Juste à l'instant où ils commencent à émerger de leur inconscience, j'entends les pas légers d'Anna pénétrer discrètement dans la pièce. Un frisson me parcourt. Elle s'arrête un instant, prenant le temps de détailler la mise en scène que j'ai préparée avec soin. Son sourire s'élargit, ravie de l'attention que j'ai portée à chaque détail. Il y a dans ses yeux une reconnaissance silencieuse, une admiration trouble qui me réchauffe d'une manière inexplicable.

Les deux captifs, encore hébétés, vacillent entre confusion et terreur. L'homme, suspendu par les pieds à une poutre massive, tente de se débattre, son visage congestionné par l'effort. Ses mains liées derrière le dos ne lui laissent aucune chance. Ses mouvements désespérés font lentement tourner son corps dans un mouvement pendulaire, grotesque et impuissant.

La femme, attachée solidement à une chaise face à lui, fixe son compagnon avec des yeux agrandis par la panique pure. Ses lèvres tremblent, mais aucun son ne sort. Je peux voir la terreur se propager dans son esprit, chaque seconde qui passe révélant un peu plus l'ampleur de leur cauchemar.

Anna s'installe gracieusement sur la chaise que je lui ai préparée, ajustant doucement le plaid sur ses genoux. Son regard brûle d'excitation contenue, ses yeux rivés sur moi, impatiente mais patiente à la fois. Elle me fixe, intensément, et d'un simple signe de tête, elle m'encourage à commencer.

Le silence dans la pièce devient étouffant, chargé d'adrénaline et de promesses sombres. Je m'avance lentement, mes pas résonnant sur le sol de bois usé, et je sens cette énergie familière monter en moi. Plus rien d'autre n'existe que ce moment suspendu. Les rôles sont déjà attribués. Le spectacle peut commencer.

Je m'incline théâtralement devant mon public improvisé, un sourire cruel étirant mes lèvres, savourant l'intensité de l'instant. Mon regard glisse de leurs visages pétrifiés à celui d'Anna, qui m'observe avec fascination, sa silhouette immobile sur son trône de fortune. L'ambiance est parfaite, le silence oppressant et chargé de peur, comme si même la vieille ferme retenait son souffle.

Je redresse lentement mon corps, adoptant une posture assurée, presque cérémonieuse. Je tends légèrement les bras, comme un maître de cérémonie accueillant des invités de marque, et ma voix résonne, froide et théâtrale.

— Mesdames et messieurs, bienvenue… au Spectacle de l'Horreur. Ici, sous ce toit rongé par le temps, s'éteignent les dernières lueurs d'humanité.

Je fais un pas lent vers eux, savourant la panique qui monte dans leurs regards. L'homme se débat violemment, ses grognements étouffés se mêlant à la respiration haletante de la femme. Ils sont complètement à ma merci, et ils le savent. Mais ce n'est que le début.

— Ce soir, oubliez vos vies ordinaires… oubliez le confort illusoire de vos existences insignifiantes. Ici… il n'y a pas de règles. Pas de sauvetage. Seulement l'ombre.

Je marque une pause, les observant comme un prédateur jouant avec sa proie. Puis, d'un geste lent, je ramasse l'outil que j'avais soigneusement posé à mes pieds, une lame ancienne, émoussée par les années mais encore affûtée par la folie du moment.

— Et maintenant… dis-je en m'approchant de la femme, mon regard rivé dans le sien, glacé mais brûlant d'intensité, Laissez-vous emporter… dans les profondeurs de l'ombre.

Derrière moi, j'entends le souffle d'Anna s'accélérer, un murmure de satisfaction à peine retenu. Le rideau est levé. Le spectacle commence.

Je tourne lentement autour d'eux, prenant mon temps, réfléchissant à voix haute.

— Voyons, voyons… Je ne suis pas un homme cruel, loin de là. Ce serait indélicat, n'est-ce pas, que cette femme assiste à la fin de son cher bien-aimé suspendu là-haut, impuissant. Ça ne se fait pas…

Je laisse échapper un léger rire en me grattant le menton, et une idée me traverse l'esprit.

— Peut-être y a-t-il une manière plus… créative de gérer cette situation. Mais comment faire ? Haha.

Je me tourne vers Anna avec un sourire, la folie dans les yeux.

— Ma jolie, je crois savoir comment régler ce petit dilemme...

Je me penche lentement vers la femme attachée, mes yeux fixés dans les siens, captivé par la terreur brute qui grandit en elle. Chaque respiration haletante, chaque tremblement de ses lèvres me fascine. Sa peur est palpable, une énergie vivante qui emplit la pièce, qui m'enivre.

Mon sourire s'élargit, cruel et sincère, alors que je laisse mes doigts effleurer doucement sa joue humide de larmes, un geste presque tendre, presque compatissant... mais délibérément trompeur. Elle sursaute sous mon contact, son souffle saccadé trahissant l'instinct primaire de survie qui lutte en elle.

— Si tu ne peux pas voir...dis-je doucement, ma voix traînante, savoureuse, chaque mot accentué par le silence pesant de la ferme, ...tu n'auras pas à assister au spectacle, pas vrai ?

Je laisse échapper un rire rauque, incontrôlable, qui résonne comme une dissonance sinistre dans cet endroit déjà chargé de tension. Une explosion de folie que je ne peux plus retenir, amplifiée par sa vulnérabilité et par l'adrénaline brûlante dans mes veines.

Elle secoue la tête frénétiquement, des sanglots étouffés montant à ses lèvres, mais elle ne parvient pas à émettre un seul mot. Ses yeux dilatés sont rivés sur moi, suppliants, implorants, mais déjà résignés à l'inévitable.

Derrière moi, j'entends Anna souffler doucement, un murmure d'approbation, presque un gémissement d'excitation contenue. Elle se délecte du spectacle avant même qu'il ne commence. Pour elle, c'est plus qu'un simple acte : c'est un art, une performance où chaque geste compte, chaque mot prononcé est une partie du rituel.

Je passe mon pouce sur la joue de la femme, essuyant doucement une larme chaude qui coule lentement.

— Ne t'inquiète pas… le noir peut être… apaisant.

Mon murmure est presque réconfortant. Presque.

Je sors lentement une petite cuillère de ma poche, la montrant bien en évidence, un sourire mauvais au coin des lèvres. Leurs regards s'agrandissent d'horreur, les hurlements étouffés par les bâillons résonnent dans la pièce. Leurs corps se tendent, luttant vainement contre les liens.

Je saisis son visage fermement, la forçant à me regarder, même si elle tente désespérément de détourner les yeux. Ses muscles se contractent sous ma poigne, mais ses mouvements sont inutiles. Tout en murmurant des mots doux, des phrases de réconfort cyniques et moqueuses, je fais glisser la cuillère lentement vers son œil.

— Ne t'inquiète pas, c'est pour ton bien... pour ne pas que tu voies ce qui va suivre, je chuchote, enfonçant délicatement l'ustensile.

La cuillère glisse sans résistance, et dans un mouvement calculé, je fais doucement levier. Le globe oculaire se détache lentement, restant suspendu, pendu par les nerfs et les vaisseaux, tels des fils fragiles. Le visage de la femme se tord sous la douleur, mais elle ne peut détourner le regard de cette horreur, incapable de fermer les paupières sur l'espace désormais vide.

Je prends un moment pour admirer mon—travail", puis je répète mon geste, avec la même lenteur calculée. La cuillère s'enfonce à nouveau dans l'autre œil, et j'effectue le même mouvement de levier, détachant ce second globe de son orbite. Une fois le travail terminé, le visage de la femme n'est plus qu'une vision d'horreur. Je laisse échapper un soupir, satisfait du spectacle macabre que j'ai créé.

Je me tourne vers Anna, adoptant un air théâtral, un sourire dément sur le visage. D'un geste grandiose, j'annonce.

— Et voilà, mesdames et messieurs, le premier acte touche à sa fin ! Mon regard brûle d'excitation alors que j'ajoute, presque en chuchotant, et maintenant... passons au suivant.

Je regarde l'homme se débattre, la rage dans ses yeux mélangeant terreur et désespoir. Ses hurlements m'amusent presque, chaque mot, chaque insulte, témoins de sa faiblesse. Sa compagne, elle, n'a pas tenu le choc, évanouie, avec ses yeux arrachés laissant deux orbites vides, sombres.

Je m'approche lentement de lui, savourant cet instant.

Je me sens transporté par une énergie presque enfantine, sautillant autour de lui, mes mains claquent avec un enthousiasme sauvage.

— Acte deux, mon amour ! Délecte-toi, car ça va être fun !

Je tourne autour de ma victime, ses cris de rage et de peur se mêlent au silence oppressant de la pièce. Le contraste entre son désespoir et mon excitation est un spectacle en soi.

Je saisis une agrafeuse à bois, froide et solide entre mes mains, et sans lui laisser de répit, tout en tournant autour de lui. À chaque pas, un coup sec résonne, chaque agrafe s'enfonçant dans sa peau, marquant son corps de point douloureux, l'un après l'autre. S'écrit étouffer remplissent la pièce, se mêlant à mon propre souffle. Mon regard croise celui d'Anna, et je sens son excitation devant ce spectacle macabre, son regard illuminé d'une lueur presque en transe.

C'est pleur étouffe à peine mes oreilles, un mélange de peur brut et de désespoir total. Entre chaque coup d'agrafe, il me supplie, la voie brisée, demandant d'arrêter, promet le temps de faire tout ce que je veux. Un sourire se dessine sur mon visage, et je m'arrête un instant pour le regarder droit dans les yeux, savourant ce moment de soumission. Mais à l'intérieur, quelque chose me pousse à continuer, une envie irrépressible d'aller encore plus loin, d'explorer cette frontière que je viens de franchir.

Je laisse mes doigts glisser sur chaque outil, caressant chaque surface froide et métallique, alors que mon public silencieux suit chacun de mes mouvements. Avec une lenteur calculée, je lève un marteau, une scie, puis une pince, comme si j'hésitais, pesant le potentiel de chaque instrument dans mes mains. Enfin, mon regard tombe sur le chalumeau. Mon sourire s'élargit, une excitation palpable monte en moi. Je tourne la tête vers Anna, dont les yeux brillent, savourant autant que moi cette anticipation, ce moment suspendu.

D'un simple clic, une flamme bleue jaillit du chalumeau, crépitant doucement dans le silence oppressant de la pièce. Je regarde la lueur vacillante, fasciné, alors que la chaleur commence à irradier doucement autour de nous. Le regard de l'homme se remplit de terreur pure. Anna, assise confortablement, me fixe intensément, un sourire espiègle aux lèvres, comme une spectatrice impatiente du prochain acte.

Je m'approche lentement de lui, la flamme dansante projetant des ombres mouvantes sur ses traits déformés par la peur.

Je plonge mon regard dans celui de l'homme, glacé par la peur, et laisse échapper un ricanement. D'une voix basse, presque gutturale, mais avec une assurance inébranlable, je lui souffle.

—C'est l'heure du barbecue.

Le silence s'épaissit, lourd et suffocant, tandis que je m'approche encore, la flamme du chalumeau vibrant devant son visage. Anna me regarde avec une fascination presque enfantine, savourant chaque seconde de cette scène où toute humanité semble s'être évaporée.

Je me remets à tourner lentement autour de lui, le chalumeau à la main, me délectant de chaque cri arraché à ses lèvres. À chaque pause, je laisse la flamme lécher sa peau, le regard rivé sur les marques noirci qui se dessine au fur et à mesure.

Son hurlement déchire le silence lourd de la ferme, brut et déchirant, un mélange de supplication et de douleur pure. Ses cris résonnent contre les murs décrépis, rebondissant dans l'espace vide comme une sinistre symphonie. Ses supplications sont incohérentes, entrecoupées de sanglots étouffés et de respirations saccadées. Il implore que cela cesse, promettant tout ce que son esprit en panique peut imaginer, mais ses mots sont inutiles. Ici, les promesses n'ont aucun poids.

Je prends un malin plaisir à m'attarder sur chaque geste, chaque mouvement, chaque pression calculée, savourant l'effet de la douleur qui le consume peu à peu. Ses muscles se contractent violemment, son corps suspendu se contorsionne dans un effort vain pour échapper à l'agonie que je lui inflige. Mais il ne peut pas fuir. Pas ici. Pas maintenant.

Mes mains sont précises, presque chirurgicales dans leur cruauté. Chaque réaction, chaque cri m'alimente, me pousse à explorer de nouvelles limites. La terreur dans ses yeux est totale, et je la bois comme une source inépuisable de puissance.

Derrière moi, j'entends Anna, immobile dans sa chaise, fascinée. Je n'ai pas besoin de me retourner pour savoir que ses yeux brillent d'excitation et d'admiration. C'est son silence qui parle le plus : un assentiment silencieux, une validation totale de ce que je suis en train de devenir.

Je m'arrête un instant, laissant le captif reprendre une respiration difficile, ses gémissements rauques emplis de désespoir. Ses yeux cherchent encore une issue, un miracle… mais il n'y en a pas.

— On dirait que tu as encore de l'énergie… c'est bien, dis-je avec un sourire glacé. Le spectacle ne fait que commencer.

Ses cris redoublent, plus désespérés, plus sauvages. Mais ici, dans cet endroit isolé, personne ne les entendra… sauf nous.

L'air se charge d'une odeur âcre, une odeur écœurante qui imprègne chaque recoin de la pièce. La chair brûlée dégage un parfum lourd, singulier, qui s'infiltre dans mes narines et semble marquer l'endroit d'une empreinte indélébile. C'est une senteur que je n'oublierai jamais, à la fois repoussante et étrangement envoûtante, comme si ce lieu lui-même portait désormais la trace de ma folie.

Les cris perçants de l'homme font lentement émerger la femme de son inconscience. Ses paupières frémissent, ses mains attachées s'agitent faiblement. Puis, réalisant qu'elle ne peut rien voir, elle panique, tirant désespérément sur ses liens, des gémissements d'angoisse montant en elle. Les hurlements de l'homme suspendu résonnent, nourrissant sa terreur, sans qu'elle puisse comprendre d'où proviennent ces sons déchirants.

Je m'approche de l'homme suspendu, toujours en proie à une douleur indescriptible, et lui donne quelques petites tapes « amicales » sur sa peau noircie. Ses gémissements redoublent, et je laisse échapper un rire, satisfait de voir qu'il est toujours présent.

Puis, je me tourne vers la femme.

— Te revoilà parmi nous ? dis-je d'un ton faussement accueillant. Je me penche près d'elle, comme un hôte qui se réjouit de voir son invité réveillé, prêt à reprendre là où je m'étais arrêté.

Je m'accroupis doucement à sa hauteur, un sourire aux lèvres.

— Vu que tu ne vois plus, tu veux que je te décrive un peu la scène ? Haha ! je murmure, savourant chaque mot.

Elle tente de détourner la tête, mais je tiens son visage entre mes mains.

— Lui, là-bas, je chuchote en pointant du doigt son compagnon suspendu, il est un peu... comment dire ? Bien grillé maintenant. Je ris, amusé par mon propre jeu. Et toi, ma chère, tu n'as encore rien vu.

Je ris doucement. Ah, c'est vrai... tu ne verras plus rien, ma pauvre. Mon ton oscille entre moquerie et amusement. Mais ne t'inquiète pas, je saurai te raconter chaque détail.

Je me rapproche un peu plus, savourant l'angoisse sur son visage, mes paroles se glissant comme un murmure menaçant.

— Parce qu'ici, tout est pour toi, rien que pour toi.

Je fais un pas en arrière, bras écartés comme un présentateur de spectacle, et je clame

— Mesdames et messieurs, chers spectateurs imaginaires, c'est l'heure de l'entracte ! Profitez-en pour reprendre votre souffle, car le grand final approche, et croyez-moi… vous n'avez encore rien vu.

CHAPITRE 19

Je me tourne vers Anna avec un clin d'œil, un sourire encore empreint de l'adrénaline qui coule dans mes veines.

— Prête pour la suite, ma belle ? Ce sera inoubliable.

Elle incline légèrement la tête, son sourire mi-amusé, mi-curieux, ses yeux étincelant d'une fascination troublante. Mais cette fois, elle ne se contente pas de savourer le moment. D'une voix douce, presque innocente, elle me demande

— Alors, Kevin... dis-moi. Qu'est-ce que ça représente pour toi, toute cette scène... cette mise en scène... cet *acte* ? Pourquoi tout ça ?

Sa question me frappe, mais pas de la manière dont je m'y attendais. Pendant une fraction de seconde, je reste immobile, pris au dépourvu, mes pensées se brouillant sous l'intensité de son regard.

Je finis par esquisser un sourire plus mesuré, me redressant lentement.

— Pourquoi ? je laisse le mot flotter un instant, roulant sur ma langue comme une saveur que je redécouvre. Parce que ça me libère.

Je fais un pas vers elle, mes yeux rivés dans les siens.

— Toute ma vie, j'ai été prisonnier… coincé dans un monde fade et sans âme. Un travail sans but. Une existence sans relief. Chaque jour identique au précédent, chaque interaction dénuée de sens.

Je serre les poings, ressentant cette colère familière qui sommeillait en moi.

— Mais ici… dans cet instant... c'est différent.

Je me rapproche davantage, mes paroles devenant plus intenses, presque fiévreuses.

— Ici, je *crée*. Je donne forme à quelque chose de vrai, quelque chose qui me ressemble. C'est brut, imparfait… vivant. Chacun de leurs cris… chaque geste… chaque réaction… c'est la preuve que j'existe. Que je suis *libre*.

Je m'arrête, reprenant mon souffle, mes pensées enflammées.

—C'est un acte de création… et de destruction. Une œuvre qui ne peut pas être comprise… mais qui ne peut pas être ignorée non plus.

Anna me regarde, immobile, captivée. Son sourire s'agrandit doucement, presque admiratif.

— Tu es magnifique quand tu parles comme ça, murmure-t-elle, sa voix teintée de cette étrange affection possessive.

—Alors… qu'est-ce qu'on attend ? Continue ton œuvre.

Et à cet instant, tout doute s'efface. La scène n'est plus un simple acte. C'est une création, une déclaration, une affirmation. Un monument à ce que je suis devenu... et à ce que je n'ai plus peur d'être.

Je recule d'un pas, le cœur battant, et m'incline profondément, une révérence théâtrale, lente et pleine d'assurance. Je me redresse avec grâce, comme un maître de cérémonie sur le point de révéler le point culminant d'un spectacle longtemps préparé. L'excitation monte en moi, brûlante, irrésistible. Mon sourire s'élargit alors que l'adrénaline fuse dans mes veines, chaque battement de cœur renforçant cette sensation grisante d'être aux commandes, de créer quelque chose d'unique, quelque chose d'immortel.

— Allez, mesdames et messieurs... dis-je d'une voix claire et théâtrale, résonnant dans l'atmosphère oppressante de la vieille ferme.

— Le grand final commence... maintenant.

Je laisse les mots s'imprégner dans le silence, leur écho mourant lentement, presque solennellement. Je jette un dernier coup d'œil à Anna, assise sur son trône improvisé, parfaitement immobile, ses yeux fixés sur moi avec une intensité qui me transperce. Sa respiration lente, régulière, contraste avec la tension électrique de l'instant. Elle ne dit rien, mais tout son être m'encourage. Cette complicité silencieuse qui nous lie est indestructible, une force que je ne partage avec personne d'autre.

Ses lèvres s'étirent légèrement en un sourire à peine perceptible. Elle attend. Elle *sait*. Elle *veut*.

Je pivote doucement, sans un regard en arrière. Plus de doutes. Plus de retenue. Plus de failles. Le grand final est là, et je suis prêt à l'achever, à transformer ce moment en une œuvre totale, vivante, indélébile.

La scène est parfaite. Le rideau est levé. Le dernier acte peut commencer.

Leurs murmures tremblants flottent dans l'air, fragiles et pleins de désespoir. Je les observe, fasciné par cette ultime tentative d'humanité, ce besoin viscéral de s'accrocher l'un à l'autre malgré l'inévitable. Ils savent. Ils comprennent qu'il n'y aura pas d'échappatoire, mais ils luttent quand même, refusant de céder à l'horreur totale… pas encore.

Elle tourne son visage vers lui, aveugle dans la pénombre. Ses poignets meurtris tirent sur les liens qui l'entravent, cherchant à atteindre son compagnon suspendu, à ressentir sa présence même dans cette proximité impossible. Un dernier acte de tendresse face à l'abîme. Pathétique... mais beau.

Lui, pendu, oscillant doucement au bout de la corde comme un pantin brisé, murmure des paroles réconfortantes qu'il veut rassurantes, mais sa voix tremble, cassée par la peur. Il sait. Il sait que c'est fini. Que ce moment d'intimité désespérée es tout ce qui leur reste avant que le rideau ne tombe définitivement.

— Tout ira bien... Je suis là…dit-il d'une voix brisée, s'efforçant de masquer l'effroi dans sa gorge.

Mais chaque mot qu'il prononce semble le rapprocher un peu plus de la fin, comme s'il prononçait lui-même son dernier adieu.

Je reste immobile, absorbé par cette scène d'une intensité presque poétique. Un dernier souffle d'humanité dans cette mise en scène tragique. Un instant parfait.

Derrière moi, je sens Anna frissonner d'excitation, suspendue à chaque mot qu'ils échangent, à chaque souffle paniqué qui s'échappe de leurs lèvres tremblantes. Pour elle, c'est comme un prélude sublime à ce qui va suivre.

Je laisse le silence s'installer, pesant, écrasant… Un battement de cœur, peut-être deux. Puis, doucement, je romps l'instant d'un ton calme et glacial :

— Même les plus belles histoires d'amour doivent finir.

Leurs murmures s'étouffent instantanément.

Je prépare tranquillement le seau de ciment, versant les ingrédients avec précision, chaque geste méticuleux, presque cérémonial. L'odeur âcre de la poudre sèche se mélange à l'humidité stagnante de la vieille ferme. Je remue le mélange avec lenteur, savourant le bruit épais et collant du ciment qui prend vie sous mes mains. Chaque mouvement est calculé, maîtrisé, comme un peintre préparant ses couleurs avant de toucher la toile.

Ce n'est pas une simple étape. C'est un rituel. Une part essentielle de *l'œuvre*. Une mise en scène qui demande patience et dévotion. Créer demande du temps. Je ressens cette familiarité réconfortante dans le processus, ce calme étrange qui s'installe quand tout est exactement à sa place, prêt à être transformé en quelque chose de plus… grand.

Une fois le mélange homogène et parfaitement préparé, je lève les yeux vers l'homme suspendu. Il se balance légèrement, immobile mais conscient, son souffle court et erratique trahissant l'épuisement et la peur qui le consument peu à peu. Ses yeux agrandis me fixent, dilatés par l'horreur, implorants… inutiles. Il ne dit rien. Il sait.

193

Je pousse lentement le seau sous lui, prenant soin de le positionner avec une précision chirurgicale, comme on poserait la dernière pierre d'un monument. Puis, je fais un pas en arrière, croisant les bras, observant ma mise en scène avec une satisfaction froide. C'est parfait. Chaque détail est à sa place. L'anticipation m'enivre, suspendue dans l'air lourd de la ferme comme un parfum capiteux.

Derrière moi, j'entends Anna laisser échapper un léger soupir d'excitation, un murmure de plaisir étouffé. Je sais qu'elle savoure chaque seconde, chaque geste, chaque instant de cette mise en scène qui se déploie lentement, implacablement.

Je laisse mes doigts glisser sur le bord du seau, appréciant le contraste entre la texture froide et rugueuse du ciment et la chaleur brûlante de l'adrénaline qui pulse dans mes veines. Puis, d'une voix calme et posée, je brise le silence :

— Tu vois… l'art exige de l'engagement. De la dévotion. Un sacrifice total. Tu devrais être honoré…

L'homme tremble violemment, ses mains attachées se crispant dans un dernier sursaut désespéré. La femme étouffe un sanglot, tirant désespérément sur ses liens,

Avec une lenteur presque calculée, je relâche progressivement les liens de l'homme suspendu, centimètre par centimètre. Le mécanisme grince doucement, brisant le silence tendu de la ferme. Sa respiration devient saccadée, un mélange de panique et d'épuisement absolu. Ses yeux, écarquillés par une terreur viscérale, fixent le seau de ciment qui se rapproche inexorablement. Il comprend. Chaque seconde qui passe rend son sort plus évident… et plus inéluctable.

Je savoure chaque nuance de son expression : d'abord la peur brute, puis l'incrédulité, et enfin l'horreur absolue quand il réalise l'étendue de sa situation. Cette lente descente devient une forme d'introduction au final, une montée dramatique vers le point de rupture. Une œuvre vivante en évolution constante.

Derrière lui, la femme, privée de ses yeux, hurle, sa voix déchirante résonnant contre les murs décrépis. C'est un cri brut, sauvage, chargé de confusion et de désespoir. Elle ne voit rien… mais elle *sent* tout. Chaque gémissement étranglé de son compagnon, chaque grincement du mécanisme lui parle d'une réalité qu'elle ne peut qu'imaginer, et cette ignorance la consume davantage que la douleur physique.

— Qu'est-ce que… tu fais ? hurle-t-elle, son ton oscillant entre colère et supplication

Son corps se contorsionnant inutilement contre ses liens. Elle tente désespérément de deviner ce qui se passe à travers le silence pesant et les respirations rauques de son compagnon.

Je m'arrête un instant, laissant leurs angoisses grandir dans le vide. Le bruit des chaînes qui glissent, du ciment qui clapote doucement dans le seau, tout cela crée une mélodie macabre qui m'enivre. Je laisse un léger sourire étirer mes lèvres avant de murmurer, d'une voix calme et presque rassurante

— Ne t'inquiète pas… tu le rejoindras bientôt.

Un silence glacial s'abat sur la pièce, interrompu seulement par le claquement métallique du mécanisme qui libère un dernier cran. Le front de l'homme effleure maintenant la surface lisse et glaciale du ciment encore frais. Ses gémissements deviennent des supplications incohérentes, étouffées par la panique qui l'envahit totalement.

Je fais un pas en arrière, contemplant la scène comme un artiste devant une œuvre sur le point d'être achevée. Derrière moi, j'entends Anna retenir son souffle, suspendue à cet instant précis où tout bascule.

Le silence tombe soudain, épais, écrasant, étouffant tout bruit, comme si le monde lui-même retenait son souffle. L'homme se débat encore, frénétiquement d'abord, ses jambes secouant la corde qui le retient, créant de faibles grincements métalliques dans cette pièce figée dans l'horreur. Mais peu à peu, ses mouvements ralentissent, se réduisent à de faibles spasmes, jusqu'à ce qu'ils cessent complètement, son corps suspendu dans une immobilité presque irréelle, la tête figée dans le ciment épais, englouti dans une éternité silencieuse.

L'instant s'étire, suspendu dans un calme absolu. L'air est chargé de tension, de ce poids indescriptible qui suit chaque acte irréversible. Je reste là, immobile, contemplant mon œuvre, mes poings toujours serrés, mes muscles tendus comme après un combat qui vient de se terminer. Un frisson me traverse, mais ce n'est pas de peur… c'est autre chose. Un sentiment pur, brut, presque sacré.

Puis, doucement, un bruit léger brise ce silence : des applaudissements. Lents. Calculés. Sincères.

Je me retourne lentement et vois Anna, assise sur sa chaise, ses mains se rejoignant dans un applaudissement lent et élégant, un sourire éclatant aux lèvres. Ses yeux brillent d'admiration sincère, d'excitation et de plaisir. Pas seulement à cause de ce qu'elle vient de voir, mais à cause de *moi*, de ce que je suis devenu.

Une vague de chaleur m'envahit. Pas seulement de la puissance... quelque chose de plus grand. De plus profond. Une liberté totale, débridée, l'abandon absolu à mes pulsions les plus enfouies. Je ne me sens plus enchaîné par la peur, plus limité par des règles ou des jugements.

Je suis libre.

Je laisse échapper un léger rire, incontrôlable, qui résonne doucement dans l'espace vide. Anna se lève, avançant vers moi, ses yeux rivés dans les miens, son sourire toujours présent. Quand elle atteint ma hauteur, elle murmure doucement :

— Tu es magnifique... Parfait.

Je me tourne lentement vers Anna, le souffle encore rapide, mes yeux brillant d'un mélange d'adrénaline, de puissance et d'une dévotion que je ne peux plus nier. Mon esprit est embrumé, exalté par l'instant, transporté par cette ivresse étrange que seule *elle* sait éveiller en moi.

— Pour toi, mon inspiration... dis-je d'une voix rauque, encore tremblante sous l'effet de l'extase sanglante.

— Pour tout ce que tu m'as apporté... Je t'offre le cœur de cette femme.

Mes mots résonnent dans le, chargés de promesses sombres et de passion dévorante. C'est bien plus qu'un geste... c'est un hommage, un acte de création dédié à *elle*. À cette muse insaisissable, ce guide morbide qui m'a permis de m'affranchir du monde et de ses chaînes invisibles.

Je m'approche lentement de la femme encore attachée à sa chaise, ses sanglots étouffés se mêlant à une respiration haletante, presque animale. Ses mouvements sont faibles, son esprit brisé par la terreur et l'horreur qu'elle ne peut qu'imaginer. Elle ne comprend pas encore, mais elle devine que son rôle dans cette pièce touche à sa fin.

Je sens Anna s'approcher, légère comme une ombre, toujours calme, sereine, observant chaque mouvement avec fascination, comme une spectatrice privilégiée devant l'apogée d'un chef-d'œuvre.

Elle incline doucement la tête, une lueur de plaisir intense dans le regard.

— Fais-le… rends-le éternel. Sa voix est douce, caressante, un murmure d'approbation qui enflamme mon être.

Mes doigts se referment sur le manche du couteau posé à mes pieds, froid et familier. Chaque battement de mon cœur résonne comme un tambour sourd, emplissant l'air d'une tension électrique. Je m'avance, ma respiration se stabilisant dans un calme glacé.

Je ne fais plus qu'un avec l'instant, une fusion parfaite entre la création et la destruction, entre la passion et la folie. Le sacrifice n'est plus une fin… c'est un début.

Pour elle. Pour *nous*. Pour *toujours*.

Je plonge le couteau dans son ventre, doucement, savourant chaque instant, chaque frisson. Elle étouffe un cri, sa tête bascule en arrière, épuisée, déjà loin de tout.

La coupe est nette, assez large. Je laisse tomber le couteau au sol, mon regard fixé sur cette ouverture béante.

Je plonge ma main lentement, sentant chaque frisson, chaque résistance qui cède sous la pression. Le sang est chaud, poisseux, et descend le long de mon bras, imbibant la manche de ma veste. Mon souffle est lourd, mes gestes précis, cherchant ce que je veux offrir à Anna.

Après quelques secondes, mes doigts se referment enfin sur l'organe battant. Je serre, tire, et d'un effort puissant, je l'arrache finalement, libérant une dernière vague de chaleur. Je me tourne vers Anna, le cœur dans la main, une offrande sanglante, et je murmure

— Pour toi, mon amour.

Son sourire s'élargit, et elle contemple mon cadeau avec fascination. Elle murmure, presque envoûtée

— C'est le plus beau présent qu'on m'ait jamais offert.

En la regardant, je sens monter en moi une excitation intense, comme un élan d'accomplissement.

Anna s'approche doucement, son regard brûlant d'une fascination presque enfantine, mais teinté d'une noirceur qui m'hypnotise. Ses doigts effleurent ma main, glissant sur le cœur encore tiède, dont les battements s'affaiblissent peu à peu. Ses yeux brillent d'un éclat dérangeant, presque en extase.

Sans quitter mes yeux, elle incline la tête et pose ses lèvres pleines sur l'organe sanglant. Son baiser est lent, sensuel, presque révérencieux. Puis, soudain, ses dents s'enfoncent dans la chair avec une brutalité qui me surprend. Le son est morbide, un mélange de craquement et de déchirure, mais dans cette scène, tout semble étrangement naturel, comme si cela devait se passer ainsi.

Du sang coule sur son menton, traçant des rivières écarlates jusqu'à son cou. Elle relève la tête, une lueur presque animale dans le regard, et murmure, la voix tremblante d'une satisfaction malsaine

— Goûte. Ressens-le. Prends part à ce moment avec moi.

Elle tend le cœur vers moi, comme une invitation sacrée, ses doigts tremblants légèrement sous l'excitation. Mon souffle s'accélère. Une partie de moi recule, horrifiée, mais une autre... une autre s'éveille, attirée par l'intensité de l'instant. Je ne peux détacher mon regard de ses lèvres rouges, tachées, qui esquissent un sourire aguicheur, presque moqueur.

— Tu l'as pris pour moi, n'est-ce pas ? susurre-t-elle en approchant son visage du mien. Son souffle chaud, mêlé à l'odeur métallique du sang, m'enivre.

— Alors partage-le. Montre-moi que tu es prêt à aller jusqu'au bout.

Mon corps hésite, mais mes pensées, elles, ne sont plus qu'un écho vide. Ses yeux, ces deux puits sombres, semblent m'aspirer, m'ordonnant de céder, de m'abandonner entièrement. Tremblant, je tends la main vers l'organe mutilé. Je ressens sa chaleur contre mes doigts, et, sans même comprendre pourquoi, je me penche pour y goûter.

Le goût est à la fois écœurant et enivrant, comme une promesse interdite. Anna rit doucement, un son mélodieux et dérangeant à la fois, et pose sa main sur ma joue, la caressant avec une douceur qui tranche violemment avec l'horreur de l'instant.
— Tu vois ? murmure-t-elle. C'est la pureté de l'acte. Nous sommes au-delà du monde. Au-delà des lois. Nous sommes libres.

— À mon tour de te remercier pour tout ça.

Son regard me transperce, et je sens toute la promesse de cette récompense qui flotte dans l'air, comme si elle allait enfin m'offrir la reconnaissance que je cherchais en elle depuis le début.

Anna me regarde intensément, un sourire étrange aux lèvres. Elle saisit le couteau et, lentement, trace une fine entaille sur sa cuisse. Je la regarde, fasciné, tandis qu'une ligne sombre se dessine. Elle me tend la main, son regard brûlant d'une intensité folle, et murmure

— Approche-toi, Kevin. Viens boire... et prends pleinement ce que tu as toujours cherché.

Je m'avance, ressentant le lien entre nous se renforcer dans ce moment unique.

Je sens le goût de son sang envahir ma bouche, chaud et enivrant, tandis qu'elle murmure des sons qui trahissent un plaisir inattendu. Elle saisit ma main, l'attirant avec une lenteur calculée vers elle. Un échange intime, étrange, où chaque instant semble tisser un lien plus sombre et profond entre nous. Unis dans cette scène macabre. Nos gestes se sont mêlés, comme une danse silencieuse, au milieu de ce décor ensanglanté, chaque mouvement nous rapprochant davantage, plongés dans une intensité sombre et unique.

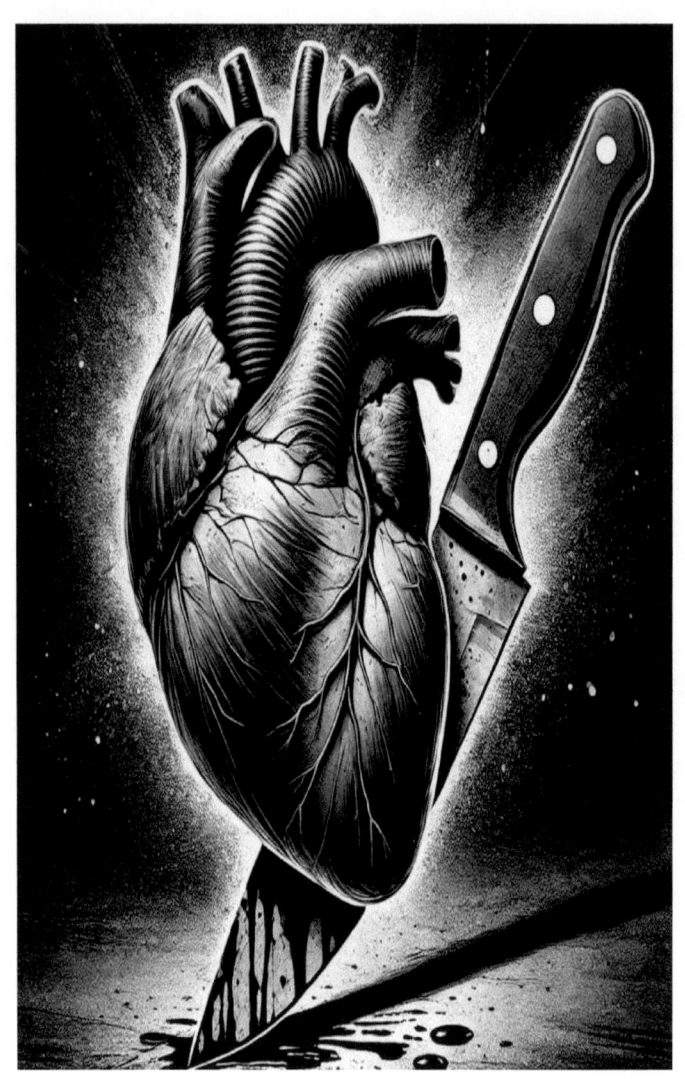

CHAPITRE 20

Réveillé par les premières lueurs du soleil, je contemple mon œuvre, ces deux corps figés dans la scène que j'ai orchestrée. Ils sont là, silencieux, une image de mon propre pouvoir, de ce moment où, pour la première fois, j'ai sculpté mon propre univers, sombre et sans retour en arrière.

Je me tourne vers Anna, le sourire aux lèvres, encore empli de cette euphorie étrange.

— Tu vois, c'est grâce à toi que tout ça existe, que je suis enfin libre...

Elle me regarde, un éclat de satisfaction dans les yeux, presque comme si elle lisait en moi.

Je la prends par la main, l'attirant vers moi.

— Et maintenant, on fait quoi, ma muse ?

Je hoche la tête, lançant un dernier regard aux deux corps figés dans le silence de cette vieille bâtisse. Je sens presque un frisson d'excitation à l'idée de tout quitter et de reprendre la route. Anna se tourne vers moi, un sourire tranquille aux lèvres

On monte dans le véhicule, et dès que la porte se referme, l'odeur métallique du sang, mêlée à la chaleur de nos corps, emplit l'habitacle. Ce parfum âcre, autrefois si dérangeant, est devenu presque familier, une signature de nos actes. Je passe une main nerveuse sur le volant, les doigts encore poisseux malgré mes efforts pour les nettoyer. Les traces persistent, tout comme ce poids dans l'air, mais étrangement, cela ne me gêne plus.

Anna s'installe à mes côtés, le cuir de la banquette crissant sous ses mouvements. Elle bascule la tête en arrière, ferme les yeux, et laisse échapper un soupir, lent et profond, comme si elle savourait un moment de pur apaisement. Son sourire s'étire doucement, révélant une satisfaction qui m'échappe encore.

Je l'observe du coin de l'œil, incapable de détourner mon regard. Elle semble presque irréelle dans cette lumière tamisée, ses cheveux tombant en cascade sur ses épaules, son visage illuminé par un mélange troublant de sérénité et de folie. Je ne peux m'empêcher de me demander si elle est vraiment humaine, ou si elle incarne quelque chose de plus profond, de plus sombre – un miroir de mes propres ténèbres.

Elle murmure alors, sa voix douce et envoûtante brisant le silence   :
— Où que cette route nous mène, je sais qu'on va s'amuser.

Ces mots, simples en apparence, résonnent en moi comme une promesse, ou peut-être une menace. Je sens une chaleur étrange monter dans ma poitrine, un mélange d'excitation et de peur. La manière dont elle prononce « nous » m'envoûte. Ce n'est plus une route que je parcours seul. Elle est là, avec moi, et ensemble, nous sommes invincibles, ou damnés.

Je tourne la clé dans le contact. Le moteur vrombit, brisant le silence oppressant de la nuit. Les phares percent l'obscurité, révélant une route déserte qui serpente devant nous, perdue entre l'ombre des arbres. Je n'ai aucune idée d'où je vais, mais cela n'a plus d'importance.

Je change de vitesse, appuie doucement sur l'accélérateur, et la voiture s'élance sur la route. Les arbres défilent de chaque côté, leurs branches noueuses formant des silhouettes étranges dans la pénombre. Anna ouvre les yeux et se tourne vers moi, ses pupilles brillant d'une intensité qui me trouble.

— Tu sais, dit-elle avec un sourire mystérieux, chaque route a une histoire. Des secrets enfouis dans chaque virage, des fantômes qui attendent qu'on les réveille.

Sa main quitte mon genou pour tracer un cercle lent sur le tableau de bord, comme si elle caressait l'âme de la voiture elle-même. Ses paroles, pourtant étranges, résonnent en moi. Chaque lieu que nous avons visité, chaque site abandonné, était chargé d'une énergie que nous avons amplifiée, nourrie, façonnée.

— Alors où va-t-on ? demande-t-elle, penchée vers moi, son souffle chaud contre mon oreille.

Je n'ai pas de réponse. Je veux continuer à rouler, à fuir le monde et ses lois, à me perdre dans cette route infinie avec elle à mes côtés.

— Où tu veux, dis-je enfin, ma voix rauque, presque brisée.

Elle éclate de rire, un rire cristallin, plein de joie et d'une folie que je ne cherche même plus à comprendre. Et dans ce moment suspendu, avec l'odeur du sang encore imprégnée dans l'air et cette route sans fin devant nous, je sens que je lui appartiens complètement. Plus rien ne compte. Ni les règles, ni les conséquences. Juste nous.

Les mois ont glissé entre mes doigts comme un liquide épais, impossible à retenir, impossible à comprendre. Chaque jour était une toile vierge, et chaque nuit, nous y peignions notre chaos. Le temps n'avait plus de prise sur moi. Les saisons changeaient, mais je ne les remarquais plus. Je vivais uniquement dans l'attente de ce que nous allions créer, de ce que nous allions détruire.

Chaque meurtre était un acte unique, un rituel précis, presque sacré. Anna et moi choisissions nos victimes avec soin, errant dans les ruelles sombres, les stations-service désertées, ou même les campagnes reculées. Ce n'était pas le hasard qui guidait nos choix, mais une intuition partagée, une compréhension muette. Nous devinions ensemble qui méritait d'être transformé.

Il y avait cet homme d'affaires, par exemple, croisé tard un soir dans un bar chic. Sa suffisance transpirait dans chacun de ses gestes, dans ses regards condescendants jetés sur les autres clients. Nous l'avons suivi discrètement jusqu'à son hôtel, le piège déjà tissé dans nos esprits. Quand nous avons agi, ce n'était pas une simple mise à mort. C'était une déconstruction minutieuse, chaque coup porté avec une intention précise. Son corps, une fois vidé de vie, est devenu une sculpture complexe, figée dans une posture de supplique, les mains tendues vers un ciel qu'il ne verrait jamais plus.

Puis il y avait cette femme, rencontrée dans une station-service. Une jeune mère, fatiguée, qui semblait porter le poids du monde sur ses épaules. Anna l'a remarquée la première.

— Regarde ses yeux, avait-elle murmuré, fascinée. C'est comme si elle savait déjà. Nous avons attendu qu'elle s'éloigne des lumières vives, qu'elle prenne ce chemin bordé de champs, seul et silencieux. Ce fut rapide, presque doux. Son corps est resté là, au milieu des herbes hautes, un tableau de calme macabre sous la lumière de la lune.

Entre ces moments de violence, il y avait des périodes de calme, mais ce calme n'était jamais paisible. Nous nous retirions dans les lieux abandonnés que nous avions choisis comme refuges, ces bâtiments délabrés où seules les ombres semblaient encore habiter. Anna aimait ces moments. Elle s'asseyait souvent sur le sol poussiéreux, jouant avec les objets laissés là par d'autres vies : une vieille photo jaunie, un jouet brisé, une chaussure solitaire. Elle inventait des histoires sur les fantômes qui avaient dû y vivre, m'entraînant dans un jeu où le passé et le présent se confondaient.

Ces pauses me donnaient le temps de réfléchir. Pas sur ce que nous faisions, jamais sur ça, mais sur ce que j'étais devenu. Au début, il y avait encore des bribes d'humanité en moi, des éclats de culpabilité, des souvenirs d'une vie normale. Mais ces éclats s'estompaient, s'effaçaient à mesure que je plongeais plus profondément. Les rires d'Anna, sa fascination pour nos œuvres, m'aidaient à abandonner ces restes encombrants.

Je ne ressentais plus rien pour les autres. Pas même de la haine. Ils étaient des silhouettes, des outils, des matériaux. Les liens que j'avais autrefois avec la société « ma femme, ma progéniture, mon travail » semblaient appartenir à une autre personne. Cette autre personne était morte, comme ceux que nous laissions derrière nous.

Un soir, Anna m'a regardé, son sourire teinté d'un étrange mélange de tendresse et de triomphe.

— Tu sais ce que je vois en toi ? avait-elle murmuré, ses doigts traçant des cercles sur ma joue ensanglantée.

— Un créateur. Quelqu'un qui n'est plus contraint par ces absurdités qu'ils appellent lois ou morale. Tu es libre. Nous sommes libres.

Et elle avait raison. Je n'étais plus humain. Mon humanité s'était dissoute dans ces mois de carnage, remplacée par quelque chose d'autre, de plus pur, de plus brut. La peur, la honte, même la douleur n'avaient plus de sens pour moi. Je vivais uniquement pour ces moments où je pouvais créer, où je pouvais façonner la mort en une œuvre tangible, éternelle.

Les derniers éclats de mon ancienne vie disparaissaient complètement. Je n'entendais plus la voix de mon enfant dans mes souvenirs, je ne pouvais plus visualiser le visage d'Alice. Ils étaient devenus flous, comme des rêves effacés au réveil. Anna, elle, était tout ce que je connaissais, tout ce que je comprenais. Elle était ma complice, ma muse, mon tout.

Chaque nouveau meurtre devenait un chapitre dans ce récit que nous écrivions ensemble, une progression inéluctable vers une conclusion que je ne pouvais pas encore deviner. Et chaque nouvelle sculpture était une signature, un rappel pour le monde que j'existais, que nous existions.

Allongé dans cette obscurité dense, je ne ressens rien d'autre que la paix. L'ancienne usine, avec ses murs fissurés, ses poutres rouillées et son odeur de métal et de poussière, est devenue mon sanctuaire. Non, plus que ça : c'est mon château. Chaque recoin, chaque ombre me rappelle que j'ai choisi cette vie. Ici, je ne suis pas un fugitif ni un monstre. Je suis un roi, et Anna est ma reine.

Ce lieu, abandonné par les hommes depuis des années, a retrouvé une raison d'être grâce à nous. Ses vastes espaces vides, ses chaînes suspendues, et ses couloirs labyrinthiques sont devenus notre domaine. Je ne ressens aucune tristesse pour ce qu'il a perdu, aucun regret pour ce qu'il aurait pu être. C'est ici que je vis désormais, libéré des chaînes de la société et des attentes du monde extérieur.

Anna, toujours en mouvement, explore chaque recoin de cet endroit comme si elle en découvrait les secrets. Ses pas résonnent contre les murs, un rythme familier qui m'apaise. Elle semble à sa place ici, dans cette forteresse de rouille et d'oubli. Quand elle me regarde, ses yeux brillent d'une lumière que je ne trouve nulle part ailleurs. Et quand elle parle, chaque mot qu'elle prononce devient une vérité absolue.

— Regarde cet endroit, dit-elle un soir, en traçant des cercles sur une poutre avec ses doigts. Ces murs nous appartiennent maintenant. Ils sont les témoins de ce que nous sommes devenus. Tout ce que tu vois ici, c'est à nous.

Et elle a raison. Cette usine n'est pas qu'un lieu. C'est une extension de notre être, un reflet de ce que nous avons créé ensemble. Les machines rouillées sont nos soldats, les chaînes qui pendent sont nos étendards, et les éclats de lumière qui percent à travers les fissures sont les étoiles de notre royaume.

Chaque jour ici est un nouveau chapitre. Les moments calmes sont nos conseils, où nous imaginons ce que nous ferons ensuite. Anna, assise sur un vieux fauteuil en cuir déchiré, esquisse des plans, des idées. Ses mots coulent comme du miel, et je les bois sans hésiter. Chaque phrase qu'elle prononce nourrit ma vision, m'apporte une clarté que je n'avais jamais connue avant elle.

— Nous sommes au sommet, dit-elle souvent, un sourire énigmatique sur ses lèvres. Ils ne peuvent rien contre nous. Nous avons dépassé leurs lois, leurs règles. Ils nous envient, même s'ils ne le savent pas.

Et je la crois. Comment pourrais-je douter ? Ici, dans cet endroit que nous avons conquis, je ne ressens plus de peur, ni de doute. Les souvenirs de ma vie passée, ma maison, ma famille, ce monde étranger, se sont effacés comme des ombres chassées par la lumière. Ce château est tout ce dont j'ai besoin. Et Anna est la seule vérité qui compte.

Nous avons même commencé à décorer ce lieu. Chaque sculpture que nous créons trouve sa place ici. Certaines sont suspendues, d'autres posées dans les coins, figées dans des poses qui racontent nos histoires. Chacune est un symbole, une victoire, un rappel de ce que nous sommes. Quand je les regarde, je ressens une fierté que je ne pourrais jamais expliquer à quiconque. Ce sont nos œuvres, nos monuments.

Un soir, alors que nous nous tenions au sommet de l'escalier principal, dominant la vaste salle en contrebas, Anna a posé une main   sur   mon   épaule.
— Regarde, murmura-t-elle, sa voix douce et impérieuse à la fois. Regarde tout ce que nous avons construit. Peu importe où mène cette route, ici, c'est chez nous.

J'ai suivi son regard, et pour la première fois, j'ai vu cet endroit pour ce qu'il était vraiment : une cathédrale érigée en notre honneur. Pas de regrets, pas de remords. Seulement une certitude absolue : nous étions enfin libres. Et dans cette liberté, j'ai trouvé mon véritable moi.

Combien de vies croisées, d'histoires interrompues pour que je finisse ici, en plein néant, dans cette usine désaffectée ? C'est un nombre qui m'échappe. À chaque étape, j'ai laissé des « œuvres » derrière moi, comme autant de preuves d'une descente sans retour, un chemin jalonné de corps et de visages qui se perdent dans ma mémoire.

Je me redresse, un sourire en coin, en balayant du regard cette usine désaffectée que j'ai faite mienne. Les murs décrépits, les fenêtres brisées, tout ici résonne de ma présence, comme si l'endroit lui-même savait qu'il m'appartient.

Anna est toujours là, à mes côtés, aussi fidèle qu'un reflet dans le miroir de ma folie. Sa petite robe blanche contraste avec le décor délabré, immaculée et presque irréelle. Elle me regarde avec cet air complice, un sourire mystérieux aux lèvres, comme si chaque instant passé ici la nourrissait autant que moi.

Anna s'approche, posant doucement une main sur mon épaule. Elle me murmure, comme un souffle glacial

— Ils approchent, je le sens... des intrus dans notre sanctuaire.

Son regard brille d'une excitation contenue, et son sourire s'élargit, m'invitant à savourer chaque instant à venir.

À travers une fissure discrète, je distingue des silhouettes sortir des véhicules. Un groupe de quatre personnes, armées de lampes-torches et de pistolet, avance prudemment. Leurs murmures, à peine audibles, trahissent une excitation mêlée de nervosité. Anna, toujours à mes côtés, observe avec un sourire en coin. Elle glisse à mon oreille

— Ils ne savent pas encore dans quoi ils se sont embarqués.

Je reste parfaitement calme, un léger sourire en coin. Ce moment, je l'attendais presque. Toutes ces « expositions » laissées derrière moi, comme des invitations au jeu, un chemin sanglant jusqu'à cette usine. Anna se tient à mes côtés, silencieuse, une lueur de défi dans les yeux.

Les pas résonnent, ils s'approchent.

Je murmure, presque pour moi-même

— Bienvenue sur mon territoire. Ma voix résonne dans l'obscurité de l'usine, se mêlant au silence oppressant. Je ressens un frisson d'excitation monter en moi, comme une ultime montée d'adrénaline.

Les policiers avancent, inconscients de ce qu'ils viennent de déclencher. Anna glisse un regard vers moi, une étincelle amusée dans le regard. Ce jeu, cette danse macabre, n'est pas encore terminée.

Chaque recoin de cette usine est gravé en moi ; elle est devenue le reflet de mon âme torturée, un sanctuaire de ma folie. Chaque ombre, chaque couloir labyrinthique est une partie de moi-même, et je sais qu'ici, je domine.

CHAPITRE 21

Je les observe depuis ma cachette, immobile, fondu dans l'obscurité comme une ombre vivante. Leur souffle rapide résonne dans l'immensité silencieuse de l'usine, un contraste saisissant avec l'assurance qu'ils tentent de projeter. Leurs lampes tremblotent, leurs faisceaux vacillent, incapables de percer complètement cette obscurité qui semble vouloir les avaler. C'est presque poétique : eux, petits intrus vulnérables, face à l'immensité de mon domaine, de mon pouvoir.

Ils avancent lentement, leurs pas émettant des échos sourds sur le béton fissuré. Le bruit est amplifié par les murs rongés par le temps, un murmure sinistre qui semble se refermer sur eux. Je souris. Ils sont déjà à moi, mais ils ne le savent pas encore. Ici, dans le cœur de mon royaume, je suis le maître. C'est moi qui contrôle chaque mouvement, chaque souffle, chaque battement de leur cœur.

Je remarque immédiatement quand l'un d'eux s'éloigne du groupe. Un agneau isolé. Il s'aventure vers un couloir latéral, sans doute pour inspecter un bruit ou satisfaire une curiosité maladive. Ils se font signe de rester en contact, chuchotant des avertissements qui se perdent dans le vide oppressant. Mais cela ne changera rien. Leur organisation, leur technologie... tout cela s'effondre face à l'obscurité vivante de cet endroit. Ils ne sont pas chez eux. Ils sont dans mon antre.

Je glisse dans les ombres, mes mouvements calculés, silencieux. Le frisson de la chasse monte en moi, une excitation pure et animale qui efface tout le reste. Je ne suis plus un homme, je suis une ombre, un prédateur invisible, patient, implacable. Chaque pas me rapproche un peu plus de ma proie. Il avance prudemment, ses yeux scrutant l'obscurité avec une nervosité palpable. Mais il ne me voit pas. Il ne peut pas me voir. Il est aveugle dans mon royaume.

J'entends son souffle, rapide et irrégulier. Il murmure quelque chose dans sa radio, mais la réponse de ses camarades est brouillée par la distance et l'interférence des murs. Son regard s'agite, passant d'un recoin sombre à un autre, comme s'il savait qu'il était observé, mais incapable de déterminer d'où cela vient. Je suis juste derrière lui maintenant, à quelques pas, à peine plus qu'un souffle dans son dos.

Je m'arrête. Je le laisse avancer encore un peu, lui offrant l'illusion qu'il est en sécurité. La tension monte, presque insoutenable. Mes doigts se serrent et desserrent doucement, impatients de frapper, mais je savoure ce moment. Chaque seconde où il croit encore pouvoir échapper à son sort est une offrande à mon pouvoir.

Il s'arrête, tendant l'oreille. Peut-être a-t-il perçu un mouvement, un léger grincement de métal, ou peut-être est-ce simplement son imagination qui commence à le trahir. Sa lampe tourne frénétiquement autour de lui, cherchant un signe, un indice, mais elle ne trouve que des murs déserts et des ombres indéchiffrables. Il murmure à nouveau dans sa radio, cette fois avec une pointe de panique. Mais aucun secours ne viendra.

Je fais un pas de plus. Juste un. Assez pour que le bruit attire son attention. Il se retourne brusquement, sa lampe balayant mon visage. Mais il est déjà trop tard. Ses yeux s'écarquillent, sa bouche s'ouvre, peut-être pour crier, peut-être pour supplier, mais je n'ai pas l'intention de le laisser parler.

Je le pousse violemment. Il vacille, pris par surprise, et bascule vers l'avant. Sous ses pieds, le plancher abîmé par les années s'effondre brusquement. Il disparaît dans un bruit sourd, chutant dans le vide.

Je l'entends gémir, appeler à l'aide d'une voix affaiblie. Ses collègues ne sont pas loin, ils finiront bien par le retrouver… mais j'ai encore un peu de temps. Je m'approche lentement, silencieusement, me délectant de sa vulnérabilité. Son regard croise le mien dans un mélange de terreur et de douleur.

Il fouille frénétiquement autour de lui, ses mains glissant sur le sol poussiéreux dans l'espoir de retrouver son arme. Mais rien. Je fais un pas en avant, puis un autre, observant le désespoir grandir dans ses yeux.

— Cherches-tu ça ? dis-je en me penchant pour ramasser le pistolet, tombé non loin de lui.

Je fais tourner l'arme dans ma main, puis la laisse retomber avec un bruit sourd. Il sait que c'est inutile.

Je m'accroupis, une lueur de folie dans le regard, tenant fermement une barre de fer dans ma main. Il me regarde, impuissant, la peur tordant ses traits.

— On dirait que tu es venu sans invitation... murmuré-je en levant lentement la barre au-dessus de ma tête, prêt à frapper, savourant chaque seconde du pouvoir que j'exerce sur lui.

Il ouvre la bouche pour crier, remplis de panique, mais je ne lui laisse pas le temps. Avant même qu'un son ne s'échappe, je lui enfonce violemment la barre de fer dans la gorge, son cri s'étouffe instantanément. Ses yeux s'écarquillent, une terreur muette fige son visage, tandis qu'il tente en vain de respirer. Je maintiens la barre enfoncée, un sourire satisfait se dessinant sur mes lèvres.

— Chut… pas de bruit

Ses yeux se figent dans l'horreur,

La vie s'échappant lentement tandis qu'il tente désespérément de respirer.

— Ici c'est moi qui contrôle les règles

Les échos de pas résonnent dans les couloirs vides, rapides, pressés. Un de ses collègues, sans doute alerté par le bruit sourd de la chute, s'approche. Son faisceau de lumière perce l'obscurité comme une lame vacillante, balayant les murs et les angles à la recherche d'une réponse à sa peur croissante. Je reste immobile, mon souffle parfaitement contrôlé, dissimulé dans les ombres épaisses qui me protègent.

Je souris dans l'obscurité, mon cœur battant avec anticipation. Il est si prévisible, si humain. Il avance sans réflexion, dominé par son instinct de survie déguisé en bravoure. Mais ici, dans mon royaume, ce sont les prédateurs qui dictent les règles, et il n'a aucune idée qu'il marche dans ma toile.

D'un mouvement calculé, je glisse sur le côté, mes pas silencieux sur le sol jonché de gravats. La lumière de sa lampe passe à quelques centimètres de moi, mais il ne voit rien. Son attention est fixée sur son camarade, étendu au sol, immobile. Je le regarde se pencher sur lui, vérifier un pouls, murmurer des mots d'encouragement à un corps qui ne répondra jamais.

C'est le moment. Tandis qu'il se concentre sur son collègue, je m'efface, m'éclipsant discrètement dans un couloir adjacent. Chaque pas est soigneusement calculé, chaque mouvement parfaitement silencieux. Je connais cet endroit mieux qu'ils ne pourraient jamais le comprendre. Je ne fais pas qu'y vivre : je l'incarne. Chaque couloir, chaque recoin est une extension de moi-même.

En quelques instants, je monte les escaliers en spirale qui mènent aux étages supérieurs. Les vieilles marches de métal grincent sous mon poids, mais je les connais trop bien pour me laisser surprendre. Je m'arrête un instant au sommet, écoutant, cherchant des indices. Puis je les entends : des murmures à peine audibles, des pas prudents qui résonnent faiblement dans les étages. Les deux autres sont ici, quelque part.

Je me déplace lentement, mon souffle en parfait accord avec le silence ambiant. Chaque couloir désert que je traverse me rapproche un peu plus d'eux. Je ne les vois pas encore, mais je les sens. Leur nervosité, leur incertitude. Ils avancent avec précaution, mais cela ne les sauvera pas. Ils ne savent pas que je les observe déjà, depuis les ombres.

Derrière un pilier rouillé, je m'arrête. Leur lumière clignote dans un couloir plus loin, se reflétant sur les murs fissurés. J'écoute leurs voix, l'une légèrement tremblante, l'autre plus assurée mais avec une pointe de panique qu'il tente de masquer. Ils discutent, élaborent un plan, mais leur stratégie est inutile. Ils sont dans mon château, et je suis le maître de ce jeu.

L'un d'eux se penche pour inspecter une vieille caisse métallique, son dos exposé. L'autre avance de quelques mètres, le faisceau de sa lampe balayant une porte à moitié arrachée. Une séparation. Juste ce qu'il me fallait.

Je m'accroupis légèrement, prêt à me déplacer dans leur angle mort. Mon cœur bat avec une précision presque mécanique, chaque pulsation guidée par une concentration absolue. Je sens une vague d'excitation monter en moi. Ce n'est plus une simple chasse : c'est une œuvre que je suis en train de créer, un tableau vivant qui n'attend que la dernière touche.

Je recule légèrement, prenant un détour pour arriver derrière eux sans un bruit. Chaque pas me rapproche du moment où l'un d'eux comprendra trop tard que l'obscurité n'est pas vide, qu'elle a des yeux, des mains, et une volonté implacable.

Mais je ne suis pas pressé. Ici, le temps est à moi. Je les regarde avancer, prudents, leur respiration se mêlant aux bruits discrets du bâtiment. Et je souris à nouveau. Ils sont venus ici pour enquêter, pour comprendre ce qui se passe. Mais bientôt, ils ne seront rien de plus qu'une partie du décor, un nouvel élément de ma galerie.

Un grésillement sec déchire le silence, et le talkie-walkie de l'un des policiers crépite

— Agent à terre dans le sous-sol. On a perdu... on a perdu Jérôme. La voix, hésitante, contient un mélange de stupeur et de panique contenue.

Je les observe. Les visages changent, se durcissent, et dans un instant de flottement, la peur prend doucement sa place.

L'un des policiers hoche la tête en recevant le signal et commence à descendre prudemment vers le sous-sol, l'arme levée, chaque pas mesuré. Il jette un dernier regard vers son coéquipier resté au-dessus, qui lui fait signe d'avancer. Ils sont sur leurs gardes.

Je m'avance lentement, un prédateur invisible dans l'ombre, prenant soin de rester en dehors de la lueur vacillante de sa lampe. Chaque pas est un calcul précis, mes mouvements synchronisés avec le rythme de sa respiration nerveuse. Ici, dans l'obscurité oppressante, je suis chez moi. Chaque couloir, chaque recoin, chaque silence m'appartient. Lui, il n'est qu'un intrus, guidé par une peur qu'il ne comprend pas encore pleinement. Je suis son ombre, une présence imperceptible qui se rapproche inexorablement, traçant un chemin qu'il ne pourra jamais deviner.

Je connais déjà sa destination, car il n'a pas d'autre choix. Ce labyrinthe de métal et de béton ne laisse aucune place à l'improvisation. Il avance prudemment, ses pas hésitants résonnant faiblement dans l'immensité vide. Je devine ses pensées : chercher une sortie, un moyen de retrouver ses camarades, une lumière dans cette obscurité qui semble vivante. Mais il ne comprend pas. Ici, c'est mon domaine. Et dans mon domaine, il n'y a ni échappatoire, ni salut.

Tapi dans l'ombre, je me fais immobile, épiant le moindre de ses gestes. Les secondes s'étirent, et j'entends son souffle, un peu plus rapide, résonner dans le couloir. Plus il s'approche, plus je ressens cette montée d'adrénaline...

Son rythme cardiaque bat à mes oreilles, une mélodie sourde et précipitée, pabam...pabam...pabam. Il est là, si proche que je pourrais presque sentir la chaleur de son corps. Il s'avance, ignorant que je me tiens juste à côté, caché dans l'ombre, prêt à frapper.

Sans un bruit, je jaillis de l'ombre, me jetant sur lui avec une précision implacable. La surprise se fige dans ses yeux, grands ouverts, ses pupilles dilatées par la terreur. Il tente de lever son arme, un réflexe désespéré, mais je suis déjà sur lui. Mon élan le déséquilibre, le projetant en arrière avec une force brutale. Je le plaque contre le sol, mon poids et ma rage suffisant à écraser toute tentative de résistance. Il est à moi, pris au piège dans un acte de pure domination.

Un grondement profond monte de ma gorge, presque animal, et je ne me retiens plus. Comme une bête enragée, je plonge vers sa gorge, mes dents rencontrant sa chair tendre. Je sens la peau céder sous ma morsure, un craquement fugace avant que le sang ne jaillisse, chaud et métallique, éclaboussant mon visage et mon cou. Il se débat, ses mains griffant mes bras, cherchant une prise, un espoir. Mais c'est inutile. Sa force s'éteint rapidement, sa lutte devenant de plus en plus faible, comme une flamme vacillante.

Je le relâche légèrement, juste assez pour observer son visage. Son regard me fascine, ce mélange de peur, de douleur, et enfin, de résignation. La vie s'échappe lentement de ses yeux, comme une lumière qui s'éteint, et je ne peux m'empêcher de me sentir envoûté par ce moment. Le sang s'étend autour de lui, une mare sombre qui se répand sur le sol froid de l'usine, absorbée par le béton comme si ce lieu maudit en avait soif. Je reste là, immobile, savourant l'instant, mon souffle rauque, mes muscles tendus. Dans cet acte brut et viscéral, je ressens une puissance, une libération que rien d'autre ne peut égaler

Bang… Bang… Les tirs éclatent dans la pénombre, déchirant l'épais silence de mon royaume. Le bruit roule comme un tonnerre, amplifié par les murs de béton et les espaces vides, se répercutant en un écho assourdissant. Je me fige, chaque muscle tendu, le souffle suspendu. L'air semble vibrer sous l'impact de ces détonations, et pour la première fois depuis longtemps, une pointe d'incertitude traverse mon esprit. L'un des derniers est plus proche que je ne l'avais anticipé, et il n'hésite pas à se défendre. Une menace, un défi. Mon cœur bat plus vite, non pas de peur, mais d'excitation.

Dans l'obscurité, mes yeux sondent les ombres, à l'affût du moindre mouvement. Je sens la tension dans l'air, cette présence qui cherche à s'imposer dans mon repaire. Chaque craquement de gravats, chaque souffle lointain devient un signal potentiel. Il est là, quelque part, tout près, armé et prêt à me traquer. Mais ce territoire m'appartient. Je connais chaque recoin, chaque couloir, chaque bruit. Un sourire glacé étire mes lèvres.

Derrière moi, les pas précipités de l'homme résonnent, ses bottes frappant le sol en rythmes avec son souffle rapide. Il est proche, je l'entends murmurer dans son talkie, signalant ma position. Son arme est braquée dans ma direction, chaque seconde compte…

Un coup de feu déchire l'air, brutal et implacable. La douleur me frappe comme une onde de choc, brûlante et fulgurante, s'enfonçant dans mon ventre. Je vacille, mes jambes se dérobant sous le poids de l'impact. Mon souffle devient court, haché, chaque inspiration me tirant une grimace de douleur. Une chaleur poisseuse s'étend sous ma main que j'ai instinctivement plaquée contre la plaie. Le sang s'infiltre entre mes doigts, glissant le long de ma peau, chaud et vital. Un goût métallique envahit ma bouche, mélange de peur et de rage sourde. Je titube, cherchant un appui contre le mur rugueux de l'usine, mais l'espace autour de moi semble s'effondrer, rétrécir.

Je lève les yeux, et là, dans l'ombre, elle est toujours là « Anna ». Immobile, presque irréelle, son visage baigné par la lueur tamisée d'un trait de lumière filtrant à travers les fissures du mur. Elle ne bouge pas, ne dit rien. Son expression reste impassible, mais son regard est intense, hypnotisant. Comme si elle m'encourageait silencieusement, son calme tranchant avec ma douleur dévorante. Ce n'est pas de la pitié que je vois, ni de l'inquiétude. Juste une attente froide, presque admirative. Une partie de moi s'accroche à cette vision, la prenant comme une raison de ne pas fléchir, de ne pas céder. Même blessé, je suis encore le maître de ce jeu.

Les deux policiers avancent prudemment, leurs armes braquées sur moi. Leurs visages sont crispés, la tension palpable. L'un d'eux m'ordonne de rester immobile, d'une voix dure et tranchante. Je sens mon corps faiblir, le sang qui s'échappe de ma blessure me fait perdre des forces, mais l'adrénaline me maintient encore debout.

Anna murmure quelque chose, un encouragement sourd dans mon esprit. Un sourire tordu naît sur mes lèvres, défiant leurs regards. Ils pensent m'avoir acculé, mais ils n'ont aucune idée de ce que je suis prêt à faire.

Je lève les mains lentement, jouant le jeu de la reddition. La douleur dans mon ventre est vive, mais je la contiens, mon esprit focalisé sur une seule chose : sauver Anna. Je regarde les policiers dans les yeux, tentant de capter un semblant d'humanité chez eux.

— Écoutez... je me rends. Mais laissez Anna partir, elle n'a rien fait de mal.

Ma voix est étrangement calme, presque suppliante. Ils échangent un regard perplexe, comme s'ils cherchaient Anna autour d'eux, incapables de comprendre.

— Anna... elle est là, avec moi ! dis-je, désignant vaguement l'espace à mes côtés.

Mais leur confusion ne fait que grandir, et l'un d'eux me crie, le regard empreint de méfiance

— Il n'y a personne ici ! Qui est Anna ?

Je réalise, soudainement, comme un éclair déchirant la nuit, qu'ils ne peuvent pas la voir. Leur regard passe à travers elle, comme si elle n'était qu'une ombre parmi les ombres. Anna, ma muse, ma complice, cette présence constante qui m'a guidé dans mes actes, n'existe que dans mon esprit. Elle n'est qu'une projection, un fragment de moi-même qui a pris vie dans ma folie. Le choc me traverse comme une lame glaciale. Comment leur expliquer ? Comment leur faire comprendre que son écho dans mon âme est plus réel que tout ce qu'ils peuvent espérer posséder ? Ils ne comprendront jamais, parce qu'eux vivent encore dans ce monde de règles et de limites que j'ai abandonné depuis longtemps.

Mais cette révélation... elle m'écrase. Mon monde, ce royaume que j'avais construit, cet empire que je croyais partager avec elle, tout cela s'effondre d'un coup. C'est comme si le sol se dérobait sous mes pieds. Anna, ma force, ma raison, ma reine...

n'a jamais existé. Elle n'est qu'un écho de ma propre folie, une illusion née de ma solitude et de ma rage. Je la regarde, encore là, parfaitement calme, parfaitement immobile. Elle sourit, mais ce sourire que j'ai trouvé si réconfortant, si réel, me glace maintenant. Comment ai-je pu croire à tout cela ? Comment ai-je pu me perdre à ce point ? La douleur dans mon ventre devient secondaire face au gouffre qui s'ouvre dans mon esprit. Anna n'est rien, et sans elle, je ne suis plus rien non plus.

Je la fixe, incapable de détacher mon regard, refusant d'accepter ce que je vois. Son sourire reste immuable, doux, presque apaisant, comme une mère qui regarde un enfant blessé, mais avec une froideur qui glace mon âme. Elle ne parle pas, elle n'en a pas besoin. Son regard dit tout : cela devait se passer ainsi. Tout ceci, ma descente, mes créations, mon royaume… n'était qu'un jeu, un théâtre macabre dont elle était l'architecte invisible. Je veux crier, lui demander pourquoi, mais aucun son ne sort de ma gorge. Puis, lentement, elle se détourne.

Je la vois commencer à disparaître. Son corps, si tangible, si réel jusque-là, devient flou, éthéré. Ses contours se dissolvent dans l'ombre, comme un rêve que l'on tente désespérément de retenir au réveil. Elle n'est bientôt plus qu'une silhouette, une ombre qui vacille dans le néant, jusqu'à ce qu'il ne reste plus rien. Rien qu'un vide oppressant, une absence absolue. Ma main, tremblante, se tend vers elle, vers ce qui n'est plus. Mais elle ne rencontre que l'air glacé de mon repaire. Et là, la douleur me frappe de nouveau, brutale et implacable. La plaie dans mon ventre me brûle, ramenant avec elle le poids cruel de la réalité. Anna, ma muse, mon tout, a disparu. Et je suis seul. Seul avec la douleur, le sang, et le vide insondable qu'elle laisse derrière elle.

Je rassemble mes dernières forces et fonce sur les policiers, une ultime tentative pour m'en débarrasser, un dernier sursaut de rage et de désespoir. Mais mon corps ne suit plus. La douleur explose dans tout mon ventre, mes jambes vacillent, et je sens mes forces m'abandonner, comme si tout le poids de mes actes me clouait enfin au sol. Les policiers tirent encore, le bruit des détonations est assourdissant, mais, cette fois, je ne sens plus rien. Mon esprit s'embrouille, et tandis que je m'effondre, une dernière pensée traverse mon esprit, Anna. Elle est là, quelque part, dans l'ombre. Mon ultime complice, mon mirage…

Il fait tout noir. Le silence est lourd, écrasant, comme si tout autour de moi s'était figé. Plus de cris, plus de hurlements, plus de coups de feu. Juste le vide, un néant total où je flotte, comme suspendu hors du temps. Dans cette obscurité infinie, les images de mon parcours défilent, des éclats d'horreur et de violence qui s'étiolent.

Voilà. Je quitte ce monde. Lentement, le poids de tout s'efface, comme une brume qui se dissipe au matin. Je sens ma conscience s'effilocher, les souvenirs de mon errance s'éparpiller dans l'obscurité. Il n'y a plus de douleur, plus de rage, plus de voix murmurantes.

Juste un calme absolu, étrange et froid.

Anna… Est-ce que tu m'attendras, de l'autre côté ?

FIN

Merci à ceux qui ont cru en moi pendant que j'écrivais ce livre. Vous avez supporté mes insomnies, mes doutes, et mes idées folles. Sans vous, ce serait juste des pages perdues dans le brouillon !

Merci à ceux qui n'ont jamais cru en moi, car c'est en défiant vos doutes que j'ai trouvé la force de croire en moi-même.

Mentions légales

Titre du livre : *FRACTURE*

Auteur : *KEVIN VINAS*

Édition : BoD · Books on Demand, 31 avenue Saint-Rémy, 57600 Forbach, bod@bod.fr

Impression : Libri Plureos GmbH, Friedensallee 273, 22763 Hamburg (Allemagne)

Date de publication : Février 2025

ISBN : 978-2-8106-2775-2

Dépôt légal : Février 2025

Impression :
Ce livre a été imprimé en utilisant un procédé de production à la demande, ce qui contribue à réduire les déchets et l'empreinte écologique.